デュオ～君と奏でる愛の歌～

愁堂れな

幻冬舎ルチル文庫

CONTENTS ✦目次✦

デュオ～君と奏でる愛の歌～

✦カバーデザイン＝吉野知栄（CoCo.Design）
✦ブックデザイン＝まるか工房

イラスト・穂波ゆきね✦

デュオ～君と奏でる愛の歌～

1

「悠君《はるか》、助かったよ。いやあ、素晴らしい！　さすが沢木《さわき》編集長の甥御さんだ」

　今をときめく人気作家、村雨郷美《むらさめさとみ》に大仰なほどに喜ばれ、沢木悠は対応に困り愛想笑いを返した。

　悠が村雨の指名で編集助手となってからちょうど一週間が経《た》つ。父親の駐在期間が終了し、家族でジャカルタから帰国したのが二週間前のこと、毎日ぶらぶらしているのも憚《はばか》られ、業界では『名物編集長』と名高い大手出版社勤務の叔父が父を訪ねて家に来たときに、アルバイト口を紹介してもらえないかと頼んだところ、人手不足ゆえ自分の下で働いてみないかと誘われた。

　もともと本は好きだったが、読む専門で『作る』側に回るなど、考えたこともなかった。だがジャカルタではすっかり親の臑齧《すねかじ》りで現地の大学に通わせてもらっていただけに、帰国後もまだ臑を齧る気かと言いたげな両親の冷たい視線に耐えかね、悠は一も二もなく叔父の誘いに飛びついた。

　若い頃は映画監督を目指していたという叔父だが、己の才能を早々に見切り、大学卒業と同時に出版社に就職、その後ベストセラー作家を数多く輩出し、業界初といわれる若さで文芸部の編集長に就任した。

叔父の会社を初めて訪れた日、悠は叔父が見出《みいだ》した中でも最高級の逸材といわれた作家、村雨郷美と偶然顔を合わせ、彼にいたく気に入られた結果、次作の編集助手として村雨の仕事場に通うことになったのだった。

村雨の仕事場は六本木ヒルズ内にあり、彼の次回作はアジアの国を舞台とした、現地在住の女子大生と日本の商社マンのひと夏の恋、というものだった。

悠はジャカルタでインドネシア国立大学に通っており、同じクラスには現地の女性と付き合っている、海外業務留学中の商社マンも実際にいた。

商社マンは勿論《もちろん》、短期間しか駐在しない土地においての恋愛に対し本気ではない。だが女子大生にとっては恋に『遊び』という概念は存在しない。

村雨は現地女性の『純愛』と、日本の商社マンの『打算』をテーマに書こうとしており、悠がジャカルタで見聞きしたことはまさに、村雨にとって大変参考になるものだった。

村雨が自分を編集助手に指名した主たる理由はそれだろうと悠は察し、彼に求められるままに現地の資料などを揃《そろ》えていたのだが、そのいちいちを村雨は大仰に褒め称え、悠を内心辟易《へきえき》させていた。

「お役に立てるのであれば、帰国する際、捨てずにとっておいてよかったです」

一応の礼を言い、悠は話を逸《そ》らそうとした。賞賛を浴びたことのない彼にとって、村雨の大仰な賛美の言葉はいたたまれないものだったためである。

「ところで舞台は本当にジャカルタでいいんでしょうか。充分メジャーではあると思いますが、人気の有無でいうとやはりバリ等の観光地のほうがいいような気もしますが……」

「そこはリアリティを追求したいと考えている。メジャーな観光地にはエリート商社マンは配属されないだろう？」

「それは父に聞いてみないとなんとも……」

答えようがない、と首を傾《かし》げた悠を前に、村雨がぷっと吹き出した。

「君は本当に真面目《まじめ》だな」

「え？」

何が『真面目』なのか、と悠が村雨を見る。

「最近の若者は『そうなんじゃないですか』とか言って適当に誤魔化す子が多いのに、君はそういった適当さがまったくないからさ」

「…………はあ……」

インドネシアで大学には通っていたが、そこに『最近の若者』がいたか否か、悠には判断がつかなかった。

というのも、『最近の若者』がどのようなタイプを指すのか、今一つ具体例が思いつかないのである。

インドネシアの大学は、現地の学生ばかりでなく、商社をはじめとする企業の留学生や駐在員の妻など、さまざまな人種、さまざまな年齢層の男女が通っていたし、高校卒業後に悠が通っていた日本の大学は少々特殊な学校だったために、やはり『最近の若者』と触れ合うチャンスがなかった。

それゆえ曖昧《あいまい》な相槌《あいづち》を打つしかなかった悠を見て、村雨がまたぷっと吹き出す。

「やっぱり君は真面目だ。叔父さんとは雲泥の差だな」

悪戯《いたずら》っぽく笑う村雨を前に悠は、参ったなと内心肩を竦《すく》めつつ、この人は俳優にでもなったほうがいいのではないかと、いちいち表情が決まっている彼を見返した。

村雨は確か三十八歳だと叔父から聞いていたものの、外見は三十そこそこにしか見えなかった。ちなみに叔父もまた四十二歳でありながら、三十代半ばにしか見えない。

類は友を呼ぶというのか、二人とも、容姿の良さが求められる職業についているわけではないのに、『整った』というにはあまりあるほど魅力的な顔立ちをしていた。

村雨はよく、著作が映画化やドラマ化される際、主演男優になればいいと世辞抜きに言われるほどの二枚目である。

甘いマスクというのはこういう顔を言うのだろうと、叔父に紹介された際に悠は思ったものだった。こいつはジゴロだ、と叔父は村雨を評しており、『ジゴロ』の意味をよく知らなかった悠はあとで辞書で調べ、なるほど、と心の底から納得した。

顔もよければスタイルもいい。身長も百八十センチ近くある村雨の言動もまた、実にスマートだった。

サービス精神が旺盛といおうか、相手を喜ばせるような台詞《せりふ》を臆面もなく口にする。本人が気遣われる立場だろうに、どんな相手でも喜ばせようとするその姿勢はまさに『ジゴロ』というに相応《ふさわ》しかった。

それをたかだかバイトである自分にまで発揮しなくてもいいのだが、と思いつつも悠は、そろそろ話を切り上げ、村雨のもとを辞そうと口を開いた。

「他にも必要な資料がありましたらお持ちしますので仰《おっしゃ》ってください。それでは執筆、頑張ってください」

決して社交的な性格とはいえない悠は、この一週間で、村雨が二人の間の距離を詰めようとすればするほど彼を苦手とするようになっていた。

会社に戻ればそれなりにやることはある。ここで村雨と有意義とはいえない会話を重ねているよりよほど建設的だと悠は考えたのだが、村雨は尚も悠にちょっかいをかけてきた。

「執筆を頑張るにはまだ、エネルギーが足りないんだけどな」

「エネルギー？」

意味がわからず問い返した悠の肩を、村雨はやにわに抱いてきた。

「そう、食事に行こう。資料のお礼もしたいし」

「お礼なんて……少しも手間はかかっていませんし、それに仕事ですから」

このあとレストランに連れていかれでもしたら、まだ彼と会話を続けなければならない。悠にとってそれは苦痛でしかなく、相手に不快感を与えないようにという配慮をしつつもきっぱりと断ろうとした。

「仕事か。まあ、君にとってはそうだな」

村雨が、ふむ、と納得したように頷《うなず》く。少々きっぱりしすぎたかと反省し、もしや村雨にむっとされるかなと案じていただけに、その様子がないことに悠は内心ほっと息を漏らした。が、安堵《あんど》したのも束の間、続く村雨の言葉に、やられた、と天を仰いだのだった。

「それなら君にご馳走すべきは『叔父さん』だ。久々に編集長にタカりに行くことにしよう」

さあ行こう、と村雨が再び悠の肩を抱く。

「……わかりました」

にっこり、と微笑《ほほえ》まれてはもう、拒絶はできなかった。今、例えば用があるなどと言って断れば、なぜ先に言わない、やはり行きたくないのだろうと、突っ込まれること必至である。

行きたくないのは事実ではあるが、叔父の仕事相手の中でも超ＶＩＰである村雨に対し、あまり失礼な振る舞いをするわけにはいかない。

仕方がない、と悠は心の中で溜《た》め息《いき》をつくと、村雨に肩を抱かれたまま、共に彼の仕事場を出たのだった。

最初村雨は自分の運転する車で行こうとしたのだが、すぐ、

「きっと飲むだろうからな」

と気を変え、タクシー乗り場へと向かった。

「悠君、何を食べたい？」

「僕は別に……」

希望はない、と首を横に振った悠の顔を、隣から村雨が覗《のぞ》き込んでくる。

「好きな食べ物は？」

「特に……」

「寿司？　フレンチ？　イタリアン？　チャイニーズ？　エスニック？　ああ、若いから、がっつりしたもののほうがいいかな？　焼き肉とか？」

「……なんでも……」

「遠慮しなくてもいいんだよ」

「……いえ、別に遠慮しているわけじゃ……」

村雨は悠が自分に気を遣って食べたいものを告げないと思っているらしいが、実際、悠に食べ物の好みはあまりないのだった。特に好きなものも、嫌いなものもない。唯一、バナナ

を苦手としていたがそれも出されれば大人しく食べた。

食に関して興味が薄いのだが、そういう人間が村雨の周囲にはいなかったのだろう。しつこく食べたいものを聞いてくる彼に悠は首を横に振り、本当になんでもいいのだ、と主張した。

「先生の召し上がりたいもので結構です」

「そう？」

ようやく村雨に、悠が迷惑していることが通じたらしい。何か言いたげな顔をしたあとに、

「それなら、『キャンティ』にでも行こう」

と店を決めてくれた。やれやれ、と心の中で溜め息を漏らした悠だったが、そんな彼に村雨は新たな問いを発してきて、またも彼を憂鬱《ゆううつ》にさせた。

「ところで悠君、ジャカルタでは現地の国立大に通っていたというけど、日本では高校卒業後、どうしてたの？」

確か今、二十四歳だよね、と問うてきた村雨に、

「そうです」

と頷きながら悠は、なんと答えようかと瞬時にして頭を働かせた。

興味を持たれては面倒だ。何も突っ込まれずに会話を流したい。だが嘘をつくのも躊躇《ためら》われる。

「大学に進学した？」

「はい」

「どこの大学？　聞いていい？」

「あ、はい……」

しまった、ここで誤魔化せばよかったのか、と悠は気づいたが、時既に遅し、

「どこ？」

と村雨に問われてしまった。言いよどめばなんだか気にしているふうにとられるかもしれない。そういうことを気にしてしまうあたり、自意識過剰な気がして実は嫌なのだが、と思いつつ悠は、二年生になるまで通っていた大学名を告げた。

「芸大です」

「芸大？　東京芸大？」

「はい」

「凄《すご》いじゃないか！」

村雨のようなリアクションは珍しいものではなかった。東大や京大とは種類の違う、ある意味それ以上の『難関』である大学ゆえ、大学名を告げた相手は皆、いちように感心してみせる。

学科を聞かれるとまた感心されるのだ。それが嫌だ、と思っていた悠に村雨がその『嫌

な』問いを発する。

「何科？」

「ピアノ科です」

「ますます凄いな」

ヒュー、と口笛を吹く村雨にこれ以上賞賛の言葉を言わせまいと悠は早口で言い切った。

「凄くはないです。二年で中退していますから」

「中退？　ああ、お父さんの転勤で？」

それはもったいないことを、と目を見開いた村雨に、悠は、違うのだ、と首を横に振る。

「実力がなかったからです。父の転勤が決まるより前にやめています」

この話はもうしたくない。それを感じてほしいときっぱりと言い切った悠を、村雨が一瞬、驚いたように見やる。

しまった、更に興味を持たれたか、と悠は身構えたのだったが、予想に反して村雨は新たな問いを発することもなく、悠と反対側の車窓を見やった。

「ああ、そろそろ着くね」

「…………」

その言葉に誘われ、悠も車窓を見やったのだが、確かにタクシーは叔父の勤務する出版社の近くを走っていた。

よかった、と安堵の息を吐きそうになり、唇を引き結ぶ。

芸大ピアノ科に悠は現役で合格した。ピアノをはじめたのは五歳のときで、幼い頃より才能を見出され、将来はピアニストになるものと、周囲も、そして悠自身も思っていた。

芸大に合格したときは勿論嬉しくはあったが、心のどこかで合格を確信していた部分もあった。

それだけに一度挫折を味わうと弱かった。あの頃の驕《おご》っていた自分を恥ずかしく思う。時が戻るなら、大学受験時の自分に、芸大に進学するのはやめておけ、とアドバイスしたいくらいだ、と密《ひそ》かに肩を竦めた悠の脳裏を、自分に挫折感を味わわせた青年の——かつての友の顔がちらと過《よ》ぎった。

「…………」

きっと彼は今頃、順風満帆な人生を歩んでいるのだろう。敢《あ》えてクラシック界から目を背けているから今の活躍は知らないが、そのうちに必死で背けていようとも嫌でも目に入ってくる、そんな著名なピアニストになるに違いない。

ほろ苦い思いが胸に立ち上り、またも溜め息が漏れそうになるのを、唇を噛《か》みしめて堪《こら》える。ぼんやりとそんなことを悠が考えているうちに、タクシーは叔父の出版社のビル前で停まった。

「お釣りはいいよ」

はっと我に返ったときには、村雨が運転手に金を払っていた。

「先生、出します」

会社として最上級に気を遣わねばならない相手だというのに、何をぼんやりしていたんだか、と悠は慌ててポケットから財布を取り出そうとしたが、村雨は、

「いいからいいから」

と手をひらひらと振り、とっととタクシーを降りてしまった。

「す、すみません、領収書ください」

慌てて悠は運転手から領収書を貰《もら》うと、先を歩く村雨のあとを追い、尚も、

「僕が出しますので」

と食い下がった。

「叔父さんに怒られちゃう？」

「はい」

悪戯っぽく笑った村雨に、大真面目な顔で頷く。

「叔父さん、怖いの？」

「はい」

甥にとっては別に怖い存在ではないが、業界での悠の叔父、沢木舜矢《しゅんや》の評判は『鬼』という恐ろしいものだった。

どこぞの演出家ではないが、リアルに灰皿を投げつけられた編集者は何人もいるという。世の中をどこか超越しているような、ひょうひょうとした様子しか見たことのない悠にとって、叔父のその手の伝説は嘘としか思えないものだったが、つい三日ほど前、実際に部下を怒鳴りつけている叔父の姿を目の当《ま》たりにし、なるほど、これは怖い、と伝説に信憑性《しんぴょうせい》を見出した。

怒鳴りつけるだけではなく、叔父は部下を言い訳のできぬ方向へと追い込んでいくのだった。最後は泣き出しそうになっていた部下は、ごついとしかいいようのない三十代半ばの男性で、叔父の叱責が終わったあとには放心した表情を浮かべていた。

タクシー代を村雨に払わせたくらいでは、そんな叱責は受けないだろうが、と思いつつも頷いた悠に村雨は、

「僕は別に怖くないから」

大丈夫だよ、と微笑み「さあ、行こう」と背を促してエレベーターホールへと向かった。

出版社にも勿論受付はあり、美人受付嬢が二名待機していたが、村雨はそこでも顔パスだった。

「やあ」

受付嬢たちに笑いかけただけで、エレベーターホールへと向かっていく。普通はこうはいかない。来訪先を尋ね、その部署に連絡を入れてから立ち入りの許可がようやく下りるので

あり、その手続きはいかにＶＩＰといわれる取引先であっても同じだった。

ＶＩＰの場合は、先に受付に連絡を入れることで、通過がスムーズにいくのだが、顔パスは許されていない。

顔パスが通用するのはおそらく村雨一人だろうと思われるのだが、と悠は、受付嬢が慌てた様子で叔父に連絡を入れている声を背に、村雨のあとを追った。

そうか、自分が先に叔父に連絡を入れるべきだったのか、と悠が気づいたのは、すぐにやってきたエレベーターに乗り込んだあとだった。

「まだ一枚も書いてないってバラしちゃダメだよ。執筆はいたって順調ってことで」

編集部のある六階のボタンを押しながら、村雨はまたも悪戯っぽく笑ってみせた。

「あ、はい」

昨日、叔父から村雨に電話が入った際、実は一枚も書いてはいないのだが、もう二十枚書いたと言ってしまった、という会話をかわしたことを思い出し、悠が頷いたところで、エレベーターは六階に到着した。

エレベーター前には悠の叔父の部下である清水《しみず》という若者が待機しており、村雨の姿を認めた途端、米つきバッタのようにペコペコとお辞儀をし始めた。

「ど、どうぞ！　編集長も恐縮しております！　先生にご足労いただくなんて……っ」

こちらへ、と二人が通された先は、普段は役員が使うと思しき応接室だった。

「あいつが恐縮するタマかって」

ねえ、と村雨が悠に笑いかける。

「…………」

確かに、と悠が頷いたと同時に、叔父、舜矢がノックもなしに部屋に入ってきた。

「来るなら来るって言えよ。常務がお前に挨拶したいって言ってるぞ」

大仰になるんだよ、と叔父が村雨を睨《にら》む。

「えー、したくないな」

「俺だってさせたくないさ」

「あ、悪口言われると思ってる？」

「それ以外、なんと思えと？」

ツーといえばカーとでもいうのか、丁々発止のやりとりを二人は続けていたが、それを見るとはなしに見ていた悠の視線に気づくと、それぞれに悠に話しかけてきた。

「無茶、言われてるんじゃないか？　こいつは図々《ずうずう》しいからな。ノーはノーとはっきり言えよ」

叔父が言う横から村雨が、

「無茶なんて言ってないよねえ？　実に友好的な関係を築いているよ」

そう笑って悠の肩を抱いてくる。

「セクハラ親父」

「肩を抱くのがセクハラか？　だいたいセクハラっていうのは受ける側の感じ方だろう？」

「じゃあ、パワハラかな」

「失敬な。僕がいつ、何を悠君に強要したっていうんだ」

話題は自分についてだったが、単に雑談のダシにされているだけのような気がする、と悠は心の中で肩を竦めつつ、二人のやり取りを眺めていた。

「強要したからこそ、今、こうしてここにいるんだろう？」

ねえ、と叔父が悠に笑いかける。

「いえ、その……」

強要とはちょっと違うかな、と悠が首を横に振るより前に、当の村雨が訂正を入れてきた。

「人聞きが悪いな。悠君はさっきの清水君とは違い、育ちがよくてね、執筆に役立つ資料を届けてくれた、その礼に食事に誘ったところ、赤の他人の僕からご馳走になるわけにはいかないと断られた。それなら親戚でもあり上司でもある編集長に奢《おご》ってもらおう……というわけでこうして来たのさ」

「別にそういうわけじゃ……」

話を捏造《ねつぞう》されては困る、と悠が口を挟むまでもなく、叔父は、

「アホか」

と、今の話をまったく信じていないことを、村雨の頭を軽く叩《はた》くことで示すと、「痛いなあ」とわざとらしく痛がってみせた彼をじろりと睨んだ。

「下心に気づいたんだろうよ。まったく、お前が美人秘書と別れたばかりと知っていたら、悠に編集助手などさせなかったものを」

苦々しげにそう告げる叔父の顔から、揶揄《やゆ》の気配が消えていることに悠は気づいた。と同時に、村雨の秘書について、自分の得ている情報が誤っていたか、と首を傾げる。

六本木の仕事場に村雨は秘書を一人雇っていたのだが、先月その秘書が突然辞めたとのことだった。それで村雨は不自由を感じ、自分を秘書代わりに使おうとしたのではないかと悠は思っていたのだが、秘書と村雨の間に、雇用主と従業員以上の関係があるとは考えたことがなかった。

村雨はその秘書を『行成《ゆきなり》君』と呼んでいたので、てっきり男性だと思っていたが、違ったのだろうか、と悠が疑問を覚えているのがわかったのか、村雨がコホンと咳払《せきばら》いをし、叔父を睨んだ。

「余計なことは言わなくてよろしい」

「余計じゃないから言ったんだ」

「ますます悪い」

会話の内容は険悪といっていいものだったが、その頃には叔父も村雨も笑っていた。

「で？　先生には何をご馳走すればいいのかな？」

叔父の問いに村雨が、

「だから主役は悠君だって」

と尚も笑ってみせたあとに、

「イタリアンがいいってさ。久々に『キャンティ』でも行かないか？」

そう、叔父を誘った。

「イタリアンねえ」

叔父が物言いたげに悠を見る。

「？」

なんだろう、と悠が見返すと叔父は、

「お前じゃなくてこの先生の希望だろ？」

と顔を近くよせ、聞こえよがしに囁《ささや》いてきた。

「いや、その……」

実際そうだったために、首を横に振れずにいた悠の横で村雨が口を尖《とが》らせる。

「ちゃんと希望は聞いたさ」

「イタリアンより悠は和食が好きだよな？」

「え？　あ……」

特にどちらということはない。それで上げた悠の戸惑いの声と、

「そうなの？」

村雨の慌てた声が重なって響く。その様子を見て叔父がぷっと吹き出した。

「やっぱりな。イタリアンはお前のセレクトなんだろ？　悠は滅多に自分の希望ってものを言わないからな」

「ちゃんとリクエストは聞いたよ。ねえ？」

村雨は言い訳がましく悠に相槌を求めたが、悠が頷くより前に、

「希望を言わないのは、遠慮じゃなかったんだ？」

と問うてきた。

「あまり食べ物の好みがないので……」

遠慮じゃないと答えても、遠慮だと答えても、どちらにしろ角が立つ。正直に答えるしかないか、と内心溜め息をつきつつ悠は村雨に答える。

村雨は少し驚いたように目を見開いたあと、

「だからそんなに痩《や》せてるのかな」

と悠の身体《からだ》を見下ろした。華奢《きゃしゃ》といわれることの多い体型ではあるが、別に食事自体はちゃんととっているので、と悠が答えようとするより前に、叔父がまた口を出してきた。

「食べ物だけじゃない。これがしたい、あれがしたいという希望を悠が口にするのを、イン

ドネシアから帰国してこのかた、聞いたことがないよな」

「…………」

耳の痛い話になってきた、と思わず顔を顰《しか》めた悠の、その顔を村雨が覗き込んでくる。

「ジャカルタに行く前には、言ってたの？」

「いえ……」

「昔から人見知りの上に大人しい性格だったから、あまり自己主張はしない子だったけど、言わないだけで一応『主張』すべき自我はあったよな」

悠のかわり、とばかりに答えた叔父もまた、じっと悠の顔を覗き込んできた。

「今は自我がないって？　そんなことはないよねえ」

村雨がちらと叔父を見やったあとに、悠に笑いかける。

「……ええ、まあ……」

どう答えればいいんだ、と悠は恨みがましい目を叔父へと向けた。叔父が意味深に笑い、肩を竦める。

「結構気にしてるんだよ。でも睨まれちゃったからな。ここらで話を打ち切って、さて、それじゃ『キャンティ』に向かうか」

叔父が悠の背をぽんと叩《たた》き、ドアへと向かって歩き始める。

「気にしてるって？　何が？」

村雨にはさっぱり話が見えないようで、叔父のあとを追いながら彼の背に問いかけていたが、悠には叔父の言いたいことが通じていた。

自分を『結構気にしている』からこそ、バイトを紹介してくれたとわかってはいたものの、正直、気にされたところでどうしたらいいのか、悠には判断がつかないのだった。

おそらく叔父は、自分と同じく挫折を味わっている悠に同情すると同時に、自分のように新しい道を見つけろと言いたいのだろう、そこまで悠は察していたが、察したところでそれが実現できるわけでもなかった。

父親のように、直接口に出して説教されているわけではないので、気づかぬふりを貫こう。自分でも後ろ向きだなと思うようなことを考えながら、悠もまた叔父と村雨のあとを追い部屋を出たのだが、すでにエレベーターホールへと向かっているタイミングであるにもかかわらず、叔父も村雨もまだフロア内にいた。

彼らの前には先ほど悠を——というより村雨を——部屋に案内した清水という叔父の部下が、来客と思しき二人の男性と叔父を引き合わせようとしているところだった。

悠のいるところからだと、叔父と村雨が悠のほうを向いているため、背を向けている来客の顔は見えない。悠が部屋を出る直前、清水がフロアを立ち去ろうとする叔父らを呼び止め、叔父と村雨が振り返った、というシチュエーションだと思われた。

来客は二人とも若い男のようで、二人とも背が高かった。

百八十センチを軽く超す長身の上、二人して頭が小さく、スタイルが抜群にいい。もしかしてモデルだろうか。出版社内にはファッション誌を出している部署もあるのでモデルがいてもおかしくないが、それにしても近くで見る彼らはメディアで見るより随分と迫力がある。

そんなことを考えながら悠は、少し前で清水が叔父に対し、そのモデルのような二人を紹介しているさまを見るとはなしに見つめていた。

「編集長、こちらプロダクション・エフの氷見《ひょうみ》さんです。今度の写真集の件でご挨拶にいらしてくださったそうで……」

「はじめまして、プロダクション・エフの氷見と申します。このたびはウチのニューフェイスがお世話になります」

紹介を受け、前に立っていた男が深く頭を下げる。プロダクション・エフというのは、あまり芸能関係に詳しくない悠ですらよく知っている大手の芸能プロダクションだった。

やはりモデルか俳優のようだ。しかし氷見と名乗ったほうは思ったより声が落ち着いているところを見ると、彼自身がタレントではなくマネージャーなのかもしれない。

そして『ニューフェイス』が後ろの彼か、と悠が氷見のやや後ろに立っていた長身の若者へと視線を移したそのとき、その視線を感じでもしたのか、男がふと悠を振り返った。

「あ……」

顔を見た瞬間、悠の口から驚きの声が漏れる。

「あっ！」

悠以上に驚いた顔をし、男もまた大きな声を上げたかと思うと、何事か、と振り返った氷見や、叔父、それに村雨や清水の存在などまったく忘れたかのように悠に駆け寄ってきた。

「ゆう！　悠《ゆう》だよね？　夢でも幻でも幽霊でもない、悠だよね？」

「幽霊？」

他の人間が——フロアにいたほぼ全員が唖然《あぜん》とする中、最初に我に返ったらしい村雨がぷっと吹き出す。

「悠！　悠！　会いたかった！　本当に会いたかったよ！」

興奮しまくっている男が悠の両肩を摑《つか》み、身体を揺さぶってくる。

当の悠は、思いもかけない『再会』のショックから未《いま》だ立ち直っておらず、それこそ幽霊を見たかのような青い顔のまま、突然目の前に現れた男を——鷹宮《たかみや》遥《はるか》を、ただ呆然《ぼうぜん》と見返していた。

2

「それにしても驚いた。あれは『運命の再会』とでも名付けたい場面《シーン》だったね」

西麻布にあるレストラン『キャンティ』の、村雨の定席となっているという奥のほうのテーブルでは、先ほどから村雨一人が陽気に騒ぎ、同席している悠に、しきりにワインを勧めていた。

叔父は村雨言うところの『運命の再会』関連で急ぎの仕事が入ったため、社を出られなくなった。

この埋め合わせは必ず、と叔父が頭を下げ仕事に戻った時点で、彼が支払いを負担するはずの食事会は流れたと悠は思い、よかった、と安堵の息を漏らしていたのだが、

「それなら二人で行こう」

と村雨に強引に誘われ、断りきれずに店に連れ込まれてしまったのだった。

「鷹宮君だったっけ。あの感激の仕方を見ると、悠君とは相当仲がよかったんじゃないの？泣き出さんばかりだったもんね」

「……ええ、まあ……」

この場には悠以外に、村雨の問いに答える人間はいないわけだが、そうであっても悠は、できることならその役割を放棄したいと願わずにはいられないでいた。

「親友？」

「……そうですね」

「彼も芸大だったんだよね。学科は？」

「……ピアノ科です」

質問はますます、悠が触れられたくない方向へと進んでいく。

「同じピアノ科だったんだ。彼もまた、ピアノとはまったく関係のない道に進んだんだね」

そこも同じだね、と村雨が感心したように頷いてみせる。

「違います」

ここで思わず悠は、声を荒らげてしまった。

「え？」

村雨が驚いたように目を見開く。

「あ……すみません」

村雨としてはおそらく、軽い気持ちで言ったに違いないことは、悠にも勿論わかっていた。

加えて彼の言うことは――自分と遥、二人ともが芸大ピアノ科に現役で合格したにもかかわらず、ピアニストになることも、それどころかピアノに関連する職業に就くこともなく、音楽とは無関係といってもいい場所に身を置いているということは、事象としても正しい。だが、同じであっていいはずがないのだ。その思いが悠の口をついて出てしまった。

「確かに同じですね」

単なる八つ当たりだ、と悠は苦笑し、先ほどの村雨の言葉を肯定した。

遥との再会に動揺を引き摺《ず》っている、それもまた事象として『正し』くはあったが、認めるにはどうにも抵抗があった。

なぜ遥はピアノをやめたのか。気づけばそれを考えている自分が嫌だった。

遥がピアノをやめていようがいまいが、自分には関係のないことだ。

彼とはもう四年以上会っていないし、連絡も取り合っていなかった。あれだけの才能を持ちながらにして勿体ないという思いはあるが、どちらにせよ彼の人生なのだ。僕には本当に関係のないことだ――先ほどから心の中で何度となく自分にそう言い聞かせていた悠は、いつの間にか話しかけてきていた村雨の言葉を聞き逃してしまった。

「……のかい？」

「え？　あ、すみません。なんでしょう」

しまった、二人で飲んでいるのにぼんやり考え事をするなど、失礼なことをしてしまった、と慌てて笑顔を作る。村雨はそんな悠を前に一瞬、苦笑としかいいようのない笑みを端整な顔に浮かべてみせたあと、

「ねえ、悠君」

と少し身を乗り出し、問いかけてきた。

「はい」

なんとなく、面倒くさいことになりそうな気がする。悠の予感は的中した。

「嫌なら答えなくていいんだけれど、よかったらどうして芸大をやめたのか、教えてもらえないかな」

「…………」

『嫌なら答えなくていい』——そう言われたのだから、『すみません』と回答を拒絶することも、勿論できた。

「立ち入ったことを聞きやがって、とむかついたのならそう言ってくれれば、話題を変えるよ」

村雨は更にそんな、気遣い溢《あふ》れる言葉をかけてくる。

気遣っているようで実は、打ち明けざるを得ない方向へと追いやられている気がする、と悠は心の中で溜め息をついた。

村雨は本心からそれらの言葉をかけたのかもしれないが、日本を代表するといってもいいベストセラー作家と、仕事先の出版社でアルバイトをしている自分との立場の差を思うと、大先生にそこまで気を遣っていただくなんて申し訳なさすぎると思わずにはいられない。

「…………」

いや、違うな、と悠は、心の中でつきかけた溜め息を飲み込み、密かに首を横に振った。

多分自分は話したいのだ。話して共感を得たいのだ。

芸大を辞めた理由は、両親にすらはっきり告げたことはなかった。

父親も母親も音楽好きではあったが、あくまでも二人にとって音楽は趣味の一環である上、彼らは『聴く』側だった。

そんな二人に、自分の苦悩を理解してもらえるとは思えず、それで口を閉ざしていたのだが、村雨ならわかってくれるのではないか。

理解され、共感されることを積極的に望んだことは一度もない。

それは今まで自分の周囲に何かしらの分野で飛び抜けた才能の持ち主である、といった人間がいなかったからではないだろうか。

村雨には誰もが認める『才能』がある。そんな彼に自分がもがき続けた結果、逃げ出した、その一部始終を聞いて、そして判断してもらいたい。その思いから自分は話すのであり、決して無理強《じ》いされたからじゃない。

村雨にもからかわれたが、悠は本当に『真面目』であり、その上融通がきかなかった。

きっちりと自分の行動の動機を解明し、それが納得できるものでなければ動かない。

今、ようやく自身の心情に納得できた彼は、ぽつぽつと言葉を紡ぎ出し始めた。

「……大学をやめたのは、自分の才能に見切りをつけたからです」

「…………」

悠が口を開いた瞬間、村雨は酷《ひど》く驚いた顔になった。

話してごらん、と言いながらも彼は、自分が話すまいと高を括《くく》っていたのだな、と気づいたあとには、随分話しやすくなり、悠は比較的すらすらとその当時の自分の心情を語り始めた。

「自分で言うのは抵抗がありますが、子供の頃からピアノに関しては、自分には才能があると思っていたんです。皆が褒めてくれましたし、自分でも弾けていると思っていた。芸大受験も人には――親にすら言わなかったけれど、多分受かるだろうと思ってました。典型的な井の中の蛙です。運よく現役で合格したため、ますます僕は調子に乗った。でも実際入学してみると、なんてことはない、僕以上に才能がある人間がいて、それで自信を失い、大学をやめたんです」

「やめたのは何年生のとき?」

ここで村雨が問いを挟んできた。彼の表情から心情を読もうとしたが、今、村雨の顔には表情らしいものは――笑みも同情的視線も――何も浮かんでおらず、彼が自分の話をどう受けとめているのか、悠には判断がつかなかった。

「二年のときです。ピアノ科の二年生と三年生の中から、あるコンクールに出場する奏者を課題で決めることになり、そこで自分の才能のなさを思い知ったというわけです」

「コンクールの出場者に選ばれなかったから？　でもまだ二年だろう？」

「……結果は聞かなかったから、実際選ばれなかったかはわかりません。まあ選ばれなかったんだろうけど。それに学年は関係ないんです」

「わからないな」

村雨が首を傾げる。

「……ですよね」

やはり村雨にもわかってもらえなかったか、と悠は薄く微笑み、ここで話を打ち切ろうとした。が、続く村雨の問いは彼がしっかり『理解して』いることを示すもので、再び悠は淡い期待を胸に宿すことになった。

「コンクールに出る出ないが才能の有無の判断材料じゃなかったってこと？　その選考会で聴いた誰かの演奏に打ちのめされた……ってことかな？」

「そうです！」

まさにあたりだ、と、思わず声が弾んでしまったせいか、村雨がまた驚いた顔になり悠を見る。が、すぐに彼はその顔を悠へと近づけると、探るような目を向けながらぼそり、とこう尋ねてきた。

「その相手がもしかして、さっき会った彼——鷹宮君、というわけか」

「……そのとおりです」

やはりこの人はわかっている——目の前の村雨の、相変わらず表情の読みにくい顔を頼もしく見やりながらも、そのとき悠の脳裏には、自分に才能のなさを思い知らせ、挫折へと追いやった遥との出会いの光景が走馬灯のように巡っていた。


悠が遥と出会ったのは、ピアノ科では一番の鬼と評判だった老教授の、実技の授業の教室だった。

著名な教授ではあるが、点が厳しいのに加え、本人の好みによる成績づけの偏重も著しいとの噂が新入生の間にも駆け巡っていたために、一年生で受講しているのは悠と遥を入れて四人の上、全学年会わせても六名しかいなかった。

課題曲を一人ずつ順番に弾くのだが、レッスン初日のその日、一年生はなんでも好きな曲を一曲弾くということになった。

悠は何も考えることなくショパンを選んだのだが、実は教授はショパンが嫌いであることをあとから知った。

一通り聴いてみるというスタンスなのか、悠の前に二人の学生が弾いていたが、彼ら同様、悠にも何もコメントはなかった。

　悠のあとに遥がブラームスを弾いたのだが、その音に悠は愕然《がくぜん》としたのだった。前に弾いた新入生の二人は、緊張もしていただろうが、『上手《うま》い』という感想しか抱くことはなかった。

　一人は一浪、もう一人は二浪だということもあとから知ったことだが、このくらいの弾き手は悠の周囲にもいた。が、遥が弾き始めた瞬間、悠は、こんな音を出す奏者に会ったことがない、と、そのときまでまったく興味を覚えることがなかった同級生の顔をまじまじと見つめてしまったのだった。

　教室に先に入っていたのは悠で、あとから来た遥には「君も新入生？」と尋ねられた。背が高いなと思っただけで終わっていたが、改めて見やるその『同級生』は非常に整った顔立ちをしていた。

　悠は色素が薄く、髪や目は茶色がかっているのだが、彼の髪は漆黒といっていいほど真っ黒だった。

　どちらかというと色白ではあったが、軟弱な雰囲気がないのはがたいがいいためと思われる。

　筋骨隆々というタイプではないが、痩せぎすでもない。肩幅が広く、外国人モデルのような体型だと悠は思うと同時に、顔立ちも少しハーフっぽい感じがする、と尚も整ったその顔に見入った。

目を伏せているため、長く、そして濃い睫《まつげ》の影が頰《ほお》に落ちていた。すっと通った鼻筋といい、厚すぎず薄すぎない形のいい唇と言い、どこかで見たことがあるような、と考え、ああ、ギリシャの彫像に似ているのかと気づく。

もしや彼は音楽を司《つかさど》る神様ではないのか。あとから悠は、あまりに馬鹿馬鹿しいことを自分が考えていたと気づくのだが、演奏を聴いている間、彼は真剣にそう思ってしまっていた。

美しい音色、という表現では追いつかない。透明、というのとも少し違う。かといって重厚というわけでもなく、逆に軽やか、という表現もしっくりこない。

説明しがたくはあったが、人を虜《とりこ》にせずにはいられない、そんな音色だ、と悠が聴き惚《ほ》れているうちに演奏は終わった。

教室内は少しの間、しんと静まりかえっていた。ここにいる皆が自分と同じく彼の演奏に圧倒されていたのだろうと思わず室内を見回した悠は、教授の、

「バッハ！　次はバッハだ！」

と興奮した声を上げた姿に、教授もまたその一人であったか、と納得したのだった。

そのあと黒髪の同級生はバッハも見事に弾きこなし、ますます教授を興奮させた。おかげで悠を含んだ三人の新入生はすっかり置いていかれた感となったが、悠自身が黒髪の同級生の演奏に酔いしれていたため、教授に無視されたことなどまったく気にならなかった。

悠はただ、授業が終わるのを待っていた。終わったら勇気を出して黒髪の同級生に話しかけようと思っていたのである。

素晴らしい演奏だった、君みたいな音を出す人に、今まで会ったことがない。ただただ感激した——悠はもともと、そう社交的な性格ではない。人見知りとまではいかないが、自分から積極的に交友関係を広げていこうというタイプでもなかった。

なのに黒髪の同級生には積極的に働きかけようとしている。自分が教授同様、酷く興奮していることに悠は気づいていた。

チャイムが鳴り、教授が部屋を出ていくと、悠は早速、黒髪の彼に駆け寄ろうとしたのだが、その彼もまた笑顔で悠へと近づいてきた。

「ねえ、君、沢木君だっけ」

黒い瞳がきらきらと輝き、白皙《はくせき》の頬が少し紅潮している。本当に綺麗《きれい》な顔をしているなと一瞬悠は見惚《みと》れかけたが、すぐ、なぜ自分の名を知っているのだろうと疑問を覚えた。が、次の瞬間には、そういえば演奏前に教授に学年と名前を名乗ったかと思い出す。

ということは、と悠は目の前の彼がなんと名乗ったかを思いだそうとしたが、演奏を聴くより前には興味を抱いていなかったために、まったく思い出すことはできなかった。

まあいいや、それより賞賛の言葉を、と悠は口を開きかけたのだが、彼が言葉を発するより前に黒髪の青年のほうが興奮した口調で喋《しゃべ》り出していた。

「僕は鷹宮。鷹宮遥。君のショパン、素晴らしかった！」

「ええっ？」

賞賛を浴びせるより前に賞賛されたことに悠は驚き、思わず大きな声を上げてしまった。

「え？」

声が大きすぎたのか、黒髪の彼も――遥もまた、驚いたように目を見開く。

「あ、ごめん、僕も授業が終わったら、真っ先に君に同じことを言おうと思ってたから」

それで驚いたのだ、と悠が言うと、遥は、

「そうなんだ」

と酷く嬉しそうに笑った。煌《きら》めく瞳が微笑みによって細められる。瞳の星が吸い込まれるようにして消えていくのに、悠もまた吸い込まれるように魅惑的な微笑みを浮かべる遥の顔に見入ってしまった。

「一緒に学食、行かないか？」

「うん」

遥に誘われ、悠が頷く。これが二人の出会いだった。

学食で互いに改めて自己紹介をし、悠は遥が北海道出身であることと、その出身地である北海道には小学校に上がる前までしかおらず、その後は父親の転勤で日本各地を転々としてきたことを知った。

ピアノをはじめたのは小学校三年のときで、特に著名な先生についたことはないという。芸大は完全な記念受験で、落ちれば既に合格していた私大で法律を学ぶ予定だったと聞き、悠は心の底からびっくりした。

その私大がトップレベルの難易度だったこともあったが、それ以上に彼を驚かせたのは、ああも才能溢れる遥が、音楽の道をたった一年の受験で諦《あきら》めようとしていたことだった。『記念受験』が謙遜や冗談ではないことは、遥の口調からわかる。天才といってもいい才能の持ち主であるのに、もったいないなあと悠は思わずまじまじと遥の顔に見入ってしまった。

「なに？」

凝視しすぎたせいか、遥が居心地の悪そうな顔で笑い、悠に問いかけてくる。

「あ、ごめん」

無遠慮に見つめすぎたか、と反省し、悠は謝ったあとに、なぜそうも自分が見つめてしまっていたか、その理由を遥に告げた。

「やっぱり君って凄いなと思って」

「凄い？」

何が？　と、目を見開く遥は、自分の『凄さ』をまるでわかっていないようだった。

「だって音楽の才能があるのに、他にも才能があるなんて」

「才能か……」

うーん、と遥が首を傾げる。

「君は自分に才能があると思う？」

その様子を、これから彼は何を言いだすのだろうと思いつつ眺めていた悠は不意に遥に問われ、言葉に詰まった。

「……どうだろう……」

意識したことこそなかったが、改めて問われたとき、自分にはピアノの才能があるのではないかと悠は感じた。

才能があるからこそ、難関中の難関といわれた芸大にこうして入学できたのではないか。そう思ったものの、実際に天才といってもいいほどの才能がある遥に対し自分が『才能がある』というのは憚られた。

それで言葉を濁した悠をじっと見つめながら遥が口を開く。

「僕は正直、自分に才能があるかどうかはよくわからない。あればいいな、とは思うけれどね」

ふふ、と遥が少し照れたように目を細めて微笑む。そうした顔も魅惑的だと、悠は思わずまた彼の顔に見惚れてしまった。

「……もしかして、驕っているように聞こえるかもしれないし、才能、というのとは別の話になるのかもしれないけれど……」

少しの沈黙のあと、再び遥が話し始めた。自身の心情を確かめるように考え考え言葉を紡ぎ出す彼の話に、悠はそれまで以上に引き込まれていく自分を感じていた。

「昔から——ピアノをはじめたときから僕は、なんていうんだろう……ずっと一人の世界にいるような気がしていたんだ。レッスンにいけば他の生徒の弾く曲を聴く機会もある。僕より上手い生徒はたくさんいたけれど、彼らと自分の間には目に見えない壁のようなものがあった……ああ、違うな」

頭の中の思考を上手く表現できないことに苛立《いらだ》ちを感じるのか、遥が幾分激しく首を横に振り、眉間《みけん》に縦皺《たてじわ》を刻む。

「壁、とかじゃないんだ。見渡す限り誰もいなくて、この世にたった一人——そんな感じで……そう、世界には僕しかいない、そういう気持ちを常に抱《いだ》いていた。他人の演奏を聴くときにはね」

生徒に限らず、先生に対してもそうだったし、著名なピアニストの演奏を聴いているときにも同じように感じていた、と続ける遥の話を聞きながら悠は、それが『天才』というものなのかもしれないな、という漠然とした感想を抱いた。

天才とはそもそも、孤高の存在なのだろう。誰もが持ち得ない——どれだけ欲しようとも持つことができない才能は人を孤独にする。

凡人とは一線を画した世界にいる。今の遥の話は、本人の自覚はないものの、そういうことなんだろうなと尽きせぬ羨望《せんぼう》を胸にぼんやりとそんなことを考えていた悠は、いきなりその遥から手を握られ、はっとして彼を見やった。

「でも、君の演奏を聴いたときは違ったんだ！」

遥の声が弾んでいる。悠はあまりスキンシップが得意なほうではなく、友人と手を繋《つな》いだり肩を組んだりすることは滅多にない。

それゆえ手を握られたことにも驚いたが、遥がそれは嬉しそうに訴えかけてくるその内容もまた悠を酷く驚かせるもので、それで彼は声を失ってしまったのだった。

「君の演奏を聴いて初めて僕は、自分の世界に他人《ひと》が——君がいる、そう感じたんだ！　だから声をかけずにはいられなかった。ねえ、沢木君、僕と友達になってもらえないか？」

今や遥の目は先ほど演奏を賞賛されたときと同じく——否、それ以上にキラキラと輝いていた。

『友達になってもらえないか？』

面と向かってその手の台詞を、悠は今まで言われたことがなかったし、言ったこともなかった。

友人はそう多いほうではない。数少ない彼らと友人になったきっかけは、家が近所だったり、クラスで席が近かったり、または同じピアノ教室に通っていたり、というちょっとしたもので、『友達になろう』と宣言をして付き合いをはじめた者はいなかった。

なんだか照れくさいと思いはしたが、悪い気はしなかった。

自分が天才と感じた相手に『同じ世界にいる』と言われたのだ。その上、今まで誰もいなかった、初めてだと言われ、嬉しく感じないわけがなかった。

「僕でよければ……」

天才に認められた喜び以外に悠は、遥自身に対しても魅力を感じていたので、彼と友人になれることを嬉しく感じた。

「ありがとう！　嬉しぃよ」

遥は悠以上に嬉しく感じたようで、ますます綺麗な瞳を輝かせ、頬を赤くしながら悠の手をぎゅっと握りしめたのだった——。


「……君？　悠君？」

名を呼ばれたと同時に肩を揺すぶられ、悠ははっと我に返った。

「どうした？　気分でも悪くなったのかな？」

目の前には心配そうな村雨の顔がある。彼との会話の最中、いつの間にか一人で過去への思い出に浸ってしまっていたらしいと気づき、慌てて詫びる。

「すみません、少し酔ったようです」

誤魔化しもあったが、実際ワインを飲み過ぎてもいた。

「気分は？」

「大丈夫です」

心配そうに問いかけてくる村雨に悠が笑顔で首を横に振る。具合が悪いかと案じてくれたのだろうと思ったのだが、村雨が案じたのは悠の体調ではなかった。

「あ、いや、立ち入ったことを聞いて、気分を害したのかと思ったのさ」

違うならいい、と苦笑するように微笑んだ彼の笑顔と、回想の中の遥の笑顔が重なる。

『君の演奏を聴いて初めて僕は、自分の世界に他人が——君がいる、そう感じたんだ！』

輝く瞳で告げられたその言葉までも思い出してしまっていた悠は、堪《たま》らず俯《うつむ》き、首を横に振って遥の面影を振り落とそうとした。

「どうした？」

大丈夫かい、と村雨が驚いた声を上げる。

「……すみません……」

これでは不審者だ、と自嘲しようとしたが、あまり上手くいかなかった。自分で自分の感情をコントロールできないなんてという苛立ちが悠の中に芽生える。

「あの、先生」

長年とらわれ続けてきた呪縛から解き放たれるためにはやはり『答え』を聞くしかない。音楽と文学、『がく』しか同じじゃないが、天才という意味では一緒だ——我ながらめちゃめちゃな論理だと思いつつも悠が村雨に問うたのは、それだけ彼が追い詰められていたためだった。

「ん？」

不意に顔を上げ、呼びかけた悠の前で、村雨が少し面食らった顔になる。彼のその表情は続く悠の言葉を聞き、更に面食らったものになった。

「先生は自分を天才だと思ってますか？　思ってますよね？」

「天才？」

何を言い出したのかと目を見開く村雨に、悠は問いを重ねる。

「先生には才能がありますよね？」

「……才能……ねえ……」

村雨が苦笑し、首を傾げる。

「なければベストセラー作家にはなれませんものね？」

謙遜されている時間がもったいない、とたたみかけた悠に、村雨はまたも苦笑し、肩を竦めた。

「そりゃ、君の言うとおり才能がまったくなければ、作家として箸《はし》にも棒にもかからないだろうけど、才能があれば売れるかとなると、ちょっと違うんじゃないかな」

「違う？　何が？」

意味がわからない、と悠が眉を顰《ひそ》める。

「君の言う『才能』は芸術の才能だろう？　そして『ベストセラー』というのは商業ベースの話だ。人気商売と芸術は同列には語れないよ」

「……でも、素晴らしいものだからこそ、人気が出るのでしょう？」

それも才能だと思う、と悠は思ったとおりを告げたのだが、それを聞いた村雨はまた、苦笑しつつ肩を竦めた。

「それは必ずしも一致しないんじゃないかな。ベストセラーが生まれるのに文学的な才能は必要ないと言いはしないけれど」

極論になっちゃうしね、とまた村雨が笑い、話を続ける。

「社会現象とかブームとかと同じだよ。時代っていうのかな。受け入れる側がそういうものをちょうど求めていた、とか。要はタイミングだね。あとは運。そうしたタイミングに上手く乗るのも運だし、何か本の内容とは別のことで話題になる、なんてこともある。作家がイケメンだとか、女優を奥さんに貰ったとか、ああ、何か文学賞を受賞したとか、人気者がメディアで話題にしてくれたとか。逆に、溢れんばかりの才能があり、いくら素晴らしい作品を書いていても、まったく売れないパターンっていうのは山ほどある……言っていること、わかるかな？」

問うてきた村雨に悠は「はい」と頷いたが、わかったような、わからないような、というのが正直なところだった。

時代や運が密接に関係しているというのはわかる。が、本当に『素晴らしい作品』なら世間に受け入れられるのではないか。逆に、話題性で売れたものはすぐに廃れていくのではないか。

やはり世の中は『才能』がすべてではないか、と考えたものの、年長者である村雨にたてつくようなことを言うのは憚られる上、本当に素晴らしい作品が、後々世間に広く受け入れられた、というちょうどいい例も思いつかなかったので悠は口を閉ざしていた。

だが言わずとも村雨には悠の感じていることがわかったようで、

「わからない？」

と顔を覗き込んでくる。

「わからなくはないです……が、やっぱり『才能』ありき、じゃないのかなと……」

見破られているのなら、と俯きながらも思うところを告げた悠の耳に、ふっと笑った村雨の声が響く。

「君は才能至上主義なんだね。君自身、自分に才能があると、それこそ天才だと思っている——いや、思っていた、とさっき言っていたものね」

「…………天才とは思っていませんよ」

あきらかな揶揄を感じ取り、悠は思わずむっとした声を出してしまった。ちらと見上げた視線の先に、村雨の男前、というに相応しい笑顔がある。

「別にからかったわけじゃないよ。僕は自分の才能については、なるべく考えないようにしているからさ。自分の才能について、突き詰めて考える君がなんだか面白くてね。ああ『面白い』というのは『興味深い』という意味だよ。もっと話を聞きたいと思った。なぜ才能があると思っているのにピアノをやめたのかな、とか」

立て板に水のごとく言葉を続ける村雨は、口では『からかっていない』と言いながらも、やはりどこか自分を馬鹿にしているように悠には感じられた。

馬鹿にされるのも当然。相手は十《とお》以上年上の上、社会的地位も高い。こちらは二十歳を超しても定職に就かず、未だに親の臑を齧っているような甘ちゃんだ。

頭ではそうわかっていたが、気持ちの収まりはつかなかった。村雨なら自分の苦悩をわかってくれるのではないかと期待した、ほんの十数分前の自分を責めたい気持ちでいっぱいだった。

それで悠は随分と乱暴な口調となり、話題を打ち切ろうとした。

「それはもう言いました。才能に限界を感じたからピアノをやめたんです」

「限界って？　あの……ええと、そう、鷹宮君にはかなわない、そう思ったってこと？」

打ち切ろうと思ったのに、村雨は悠の発言に飛びつき、尚も話題を引っ張ろうとしてきた。

「そうです。あがいてもあがいても、彼にはかなわなかった。才能の差をありありと見せつけられたからやめたんです。先生はそんな体験、なさったことがないからきっとおわかりにならないでしょうが」

「そんな体験って？　自分にはかなわない、そう思い知らされた相手がいるかいないかってことなら、日々、思い知らされているけど」

「…………」

またからかわれた、と悠が村雨を睨む。村雨はその視線の意味を察知したようで、

「本当だよ」

と目を見開いた。

「僕より優れた書き手は何人だっているだろう。そう思っているのは事実だ。でも、他人と自分を比べても仕方ないし、それにさっきも言ったが、僕は『才能』については考えないようにしているんだよ」

「なぜです？」

芸術に携わっている人間で、才能について『考えない』者がいるということのほうが不思議だ、と悠が村雨に問い返す。

それに対する村雨の答えは、やはり馬鹿にされている、と悠が感じるようなものだった。

「もし自分に才能があると――それこそ天才だと思っていたら、本が売れなかった場合、世間のせいにするだろう？　わかってくれない読者が悪い、みたいに。そういうのが嫌なんだよ。それから、そう、あの作家は自分より才能がないくせに売れているのはおかしい、なんてことも思うようになりかねない。だから敢えて考えないようにしているのさ」

「……それ、当てこすりですか。僕に対しての」

むっとしたあまり、本心が悠の口をついてでた。たとえ嫌みや当てこすりであったとしても、立場的には流すべきだった、と気づいたが、言葉はとまらなかった。

「違うよ」

慌てた様子で村雨が首を横に振る。それもまたわざとらしい、と苛立ちを募らせていた悠は、

「気分を変えて、さあ、飲み直そうか」

とワインを差し出してきた村雨に、きっぱりと首を横に振った。

「結構です。下心が怖いので」

「あはは、随分と怒らせてしまったようだね。そう言わずに機嫌を直してくれよ」

嫌みを返したというのに、村雨にこたえる気配はない。それもまたむかつく、と怒りを煽《あお》られていたものの、さすがに叔父の会社の『ＶＩＰ』に対しては、一人席を立つ、といった失礼な振る舞いは、悠にはできなかった。

やはり、人に言ってわかってもらうような類《たぐい》の話ではなかったのだ——一応、気を遣ったらしい村雨が話題を最近観たという映画へと転じてくれたおかげで会話は続いていたが、気のないことがばれないようにという相槌を打ち続けながら悠は一人、後悔に身を焼いていた。

気を抜くと脳裏に、夕方、思わぬ再会を果たした遥の顔が蘇《よみがえ》りそうになる。

『会いたかった……っ』

村雨をして『運命の再会』と言わしめるほど、遥は再会を喜んでいた。四年ぶりに見た彼の外見の変化はあまりない。随分と垢抜《あかぬ》けてはいたが、自分を見つめる潤んだ黒い瞳も、紅潮した頬も、四年前とまるでかわらぬ印象を悠に与えた。

彼にとってのこの四年は一体どういう年月だったのか。何よりなぜ、彼はピアノを弾いておらず、芸能事務所に所属しているのか。

「……だよねえ？」

村雨に話しかけられ、はっと我に返り、内容もわからず慌てて「そうですね」と相槌を打ち返す。

頭の中が遥のことでいっぱいになっていると自覚せざるを得ない今の状況を心の底から疎ましく思いながら悠は、陽気に話し続ける村雨の話に意識を集中させようと努力を続けたのだった。

3

「嘘でしょう?」

叔父に会議室へと呼び出され、用件を告げられた悠の口から思わずその言葉が漏れた。

「嘘じゃない。嘘や冗談でわざわざこうして時間を取るほど、俺がヒマと思うか?」

「思わない……」

確かに多忙を極める叔父が、伊達や酔狂でわざわざ甥である自分のために時間を割くわけがない。悠にもそのくらいのことはわかったが、『嘘』や『冗談』のほうがどれだけマシか、と思わず溜め息を漏らした。

「それじゃあ、頼むぞ」

ぽん、と叔父が悠の肩を叩き、せかせかした様子で部屋を出ようとする。

「待ってください、叔父さん、無理です。そんな、写真集の編集なんて」

慌てて悠は叔父の腕を摑み、彼の足を止めさせた。

「言っただろ? 俺は忙しいんだよ」

「わかってます。でも、無理ですよ」

「無理じゃない」

「無理ですって」

できるわけがない、と悠が高い声を上げる。彼がそうも取り乱す理由は、叔父から命じられた新しい仕事にあった。

「助手だよ、助手。それに鷹宮遥はお前の友達なんだろう？　まったく知らない相手より、興味深い話を引き出せるんじゃないか？」

にっこり、と叔父が悠に微笑みかけてくる。

「………無理です………」

優男の見た目にかかわらず、叔父が一度決めたことは決して覆さないのだと、彼の下で仕事を始めてすぐ、悠は悟った。

今回もそれは同じだろう、と天を仰いだ悠の肩を、『頑固』な叔父がぽんと叩く。

「お前のためにもきっとなるよ。何せ彼は、お前がピアノをやめた原因なんだろ？」

「………」

言い捨てるようにそう告げ、叔父が部屋を出ていく。バタンと閉じた扉を前に悠は再び深い溜め息を漏らした。

そうも悠を憂鬱にする、叔父に命じられた仕事とは、鷹宮遥が——昨日再会したかつての友人が、今度叔父の出版社から写真集を出すというのだが、その編集作業に携わるというも

いうことに更に戸惑った。

　悠は遥が写真集を出すということにまず驚き、次に今後密に遥に会わねばならなくなるということに更に戸惑った。

　来春、遥を主演とした映画が公開されるとのことで、写真集はその映画のメイキングと、主演である遥のオフショット、というコンセプトであるらしかった。

　映画の原作本を出版している関係で、写真集も叔父の出版社で、という話になったそうだが、昨日、遥のほうから悠を企画に加えてほしいという依頼があったのだという。

　理由は悠にもわかっている。再会に感激する遥に対し、悠は実に素っ気なく対応してしまった。それを遥は物足りなく感じ、尚も悠とコンタクトを取ろうとしたに違いなかった。

『ごめん、ちょっと急ぐから……』

　ここでまた会えるなんて信じられない、是非連絡先を教えてほしいと、感涙に噎《むせ》ぶ――ところまではいっていなかったが、酷く感激していた遥に対する悠の対応はいたってクールだった。

　それを狙ったわけではない。動揺が自分の顔から、言葉から、感情という感情を根こそぎ奪っていたのだ、と、昨日の夕方、遥と顔を合わせたときのことを思い出す悠の口からまた、深い溜め息が漏れる。

『また連絡するから』

『きっとだよ？　もう僕の前から突然消えたりはしないでおくれね？』

念を押し、ぎゅっと手を握りしめてきた遥の、大きな手の感触が悠の掌《てのひら》に蘇る。遥は繊細、かつ長い指の持ち主で、共にピアニストを目指していた頃、悠は遥の指の長さに嫉妬を覚えたものだった。

指の長さは才能の有無と共に、ピアニストにとっては大切な要因だった。悠の指も決して短くはないが、遥の指には嫉妬を覚えずにはいられなかった。

同時に、たとえ自分が遥と同じ指の持ち主であっても、彼のような音は出せまいという自覚も勿論あった。が、羨望を感じずにはいられなかったのだ、と当時のことを思い出してしまっていた悠は、過去の思い出から――あまり『いい』とはいうことができない思い出から一刻も早く逃れたいと、遥の手を振り払い、

『また連絡するよ』

と心にもない言葉を告げ、村雨を急《せ》かすようにしてその場をあとにしたのだったが、遥は悠の決して連絡すまいという意思を読み取ったのかもしれない。

そう、二度とかかわりたくなかった、というのが本音だった。顔を見た途端、四年前に味わった挫折感が蘇り、やりきれない気持ちに陥った。なのに叔父は、その挫折感を味わわせた相手と更にかかわれという。

「……もう、いいよ……」

ぼそり、と悠の唇から零《こぼ》れた、それが紛うかたなき彼の本音だった。

しかし、いやだといって命令に従わないわけにはいかない。遥とマンツーマンで会うわけでもないし、あくまでも編集『助手』だというし、あまり深く考えることなく仕事として臨めばいいのだ、と自分に言い聞かせると悠は、主担当となる社員が待っているというエントランスへと向かった。


「沢木編集長の甥御さんか〜。ゴマ、すっとこうかな」

主担当は芸能雑誌の編集者で、三上《みかみ》という三十代半ばの、ごくごく軽い感じの男だった。

「よろしくお願いします」

悠はもともとこうしたタイプの人間があまり好きではない。が、撮影現場に向かう車中で、自分が黙っていても勝手に一人で喋っていてくれるのは楽だった。

それにあからさまにゴマをするのではなく、それを宣言するあたり、本気で叔父に取り入ろうとしているわけではないとわかり、好印象を抱いた。

「プロダクション・エフって、結構、煩《うるさ》いんだよ。特にマネージャーの氷見さん、彼がことさら厳しい。タレントのイメージから外れた発言は悉《ことごと》くカットだから。彼がインタビュー記事、書いてくれたほうが早いっていうくらい口を出してくるんだよ」

悠は免許を持っていないので、車の運転は三上が担当した。ハンドルを握りながら三上は、これから向かう撮影現場での注意や、撮影に参加しているメンバーの説明をしてくれたのだが、ザ・芸能界、とでもいう世界にまず、悠は圧倒されていた。

「あの鷹宮って新人、氷見さんが見付けてきたんだけど、逸材らしいね。氷見さんが久々に本気出しているって話だよ。ちょっと名前の売れてきた小劇団にいたのをスカウトしたんだってさ。劇団出身だから芝居はできるんだろうけど、いきなり映画主演っていうのも凄いよね。話題性はあるけど、コケたら痛手も大きそうだ。監督も一流ならスタッフも一流、相手役も、今話題の女優が三人もだろ？　写真集撮るカメラマンだって、ギャラ、高いよ～。社運賭けてるっていっていいレベルだよね」

「……そうなんですか……」

相槌くらいは打たねば、と悠は頷いたものの、その声はまったくやる気のないものとなっていた。

興味を惹かれないわけではない。なぜだか遥はピアノの道を進まなかったわけだが、かわりに進んだ道が演劇というのは悠にとって驚愕に値する出来事だった。

芝居に興味があるなんて聞いたことがない。自分が知る大学入学から二年の終わりまでの間、遥は舞台など一度も観に行ったことはなかったと思う。

なのになぜ演劇なんだ。それを知りたくはあったが、興味を持っては負けのような気がして、それで無関心を装っていたのだった。

何に対しての勝ち負けなのか、と思わず溜め息が漏れそうになるのを、悠は唇を引き結ぶことで堪え、自分の様子になどまるで興味がないふうに話を続ける運転席の三上を見やった。

「そういや昨日、会社に来たんだよね。僕はちょうど外出してて会えなかった。女の子たちの目がみんなハートになってたから、まあ『逸材』ではあるんだろうね。でももう二十四歳でしょ？　デビューとしちゃ遅いんじゃないのかな。それともアイドルじゃないから、年齢は関係ないのかな」

最早三上の言葉は、彼の独り言と化していた。自分とは会話が成り立たないと判断したということだろうと、悠は密かに安堵の息を吐き、一人の思考の世界へと旅立つことにした。

何を考えよう。そうだ、自分の将来のことにしよう。叔父にアルバイトとして雇ってはもらったが、さすがにこのまま正社員にしてもらおう、などという甘い考えは持っていなかった。

第一、本の出版に興味があるのかと己に問うた場合、イエス、と頷くことが今の悠にはできなかった。

生涯の仕事とするには、やはり自分がそれだけ打ち込めるものであることが望ましい。勿論、このご時世、皆が皆、自分の望んだ仕事につけるとは、さすがに悠も考えていなかったが、最初から理想を捨てるのもどうかと思う、と、まずは自分の『やりたいこと』を考えてみる。

バックパッカーとして半年間、世界各国を回ったが、旅行や海外に興味があるわけではなかった。

あれは単なる逃避だ。日本のニュースが流れてこない場所に行きたかったに過ぎない。貯金が尽きた頃、父親がインドネシアに転勤が決まり、同居を決めたのもまた、日本に戻りたくないためだった。

ジャカルタでは大学に通っていたが、それを生かす仕事——たとえばインドネシア語の教師や、インドネシアに関する研究などにはまったく興味がない。

やりたいこと。やりたいことか——車窓の外、後ろへと流れる風景を見るとはなしに見やっていた悠の脳裏に、ピアノの鍵盤がふと浮かんだ。

八十八鍵、白と黒のコントラストが美しいピアノの鍵盤。幻の鍵盤に向かい思わず指が動きかけ、はっと我に返る。

ピアノはもう、四年も前に諦めた。未練など断ち切ったはずなのに、なぜ今更ピアノのことを考えてしまうのか。理由はわかっている、と一人首を横に振った悠の脳裏に、その『理由』が——遥の顔が浮かぶ。

彼と再会さえしなければ、再会したにしても擦れ違う程度であれば、こうも取り乱すことはなかったに違いない。本当にもう、勘弁してもらいたい、という思いが、悠に大きな溜め息をつかせた。

「どうしたの？」

それまで自分に対し、一ミリの興味も抱いていなかったはずの三上にすら注目されるほどの深い溜め息を漏らしてしまったことを反省しつつ、悠は慌てて、

「すみません、なんでもありません」

と愛想笑いを返した。

「憂鬱なんだ？　そもそもなんで甥っ子君が鷹宮遥に指名されたんだっけ？　あれ？　氷見さんの指名だっけ？」

改めて問われ、悠は、この人は主担当なのに何も知らないのか、と驚いたのだが――なんのことはない、悠の叔父は彼に説明していたのだが、話半分に聞いていたため経緯を理解していないだけだった――詳しく話すのも面倒くさい、ととぼけることにした。

「僕もよくわかってないんです」

「そうなんだ」

問うたものの、三上はやはりそう興味は惹かれていないようで、それ以上の追及はしてこなかった。

「写真集っていっても可愛い女の子アイドルじゃなくて、野郎のだしね。やる気ないのはわ

かるけど、そこはまあ、オトナの対応でよろしくね」

悠の溜め息の理由をそんなくだらないことに見出したらしい三上は、それだけ言うとまた、

「あー、そういや随分前に佐藤《さとう》に貸した『サンタフェ』、あれどうしたかな」

と、独り言モードに戻ってしまった。

やれやれ、と今度はこっそりと溜め息をつき、悠は車窓から外を見る。

「もうすぐ着くよ。今日で撮影二日目だって。カメラマンが被写体を気に入って、ノリノリだって聞いたけど、今日もノリノリでサクサク撮ってほしいよね」

陽気な声で喋る運転席の三上とは裏腹に、間もなく遥と顔を合わせざるを得なくなると思う悠の胸には憂鬱な思いが溢れてきた。

落ち着け。今は撮影中だ。しかも三上が一緒となると、二人で話す機会なんてそうそうないはずだ。向こうだって、氷見とかいう敏腕マネージャーが一緒なんだし、案ずるより産むが易し、いざ蓋を開けてみたら、会話時間はほんの五分なんてことになるに決まっている。

気に病むな。すぐ終わる——呪文のように心の中でそう繰り返す悠の耳に、実に呑気《のんき》な三上の声が響く。

「あ、あのスタジオだよ。ええと、駐車場はどこだったかなー」

いよいよ到着か、とますます緊張が高まってくるのを持て余しながらも悠は、尚も心の中で、大丈夫、すぐ終わる、と自身に言い聞かせていた。

スタジオの入り口には、カメラマンの助手と思しき若者がぽつんと一人立ち、三上と悠が来るのを待っていた。

「撮影、始まってます。今、ちょうど衣装替えの最中です」

どうぞ、と先に立ってスタジオに二人を案内する。顔馴染《なじ》みらしく、三上は親しげにその若者に声をかけていた。

「撮影、どう？　順調？」

「はい、さっきまでシャワーシーンだったんです。先生ノリノリでした」

「あれ？　先生ってゲイだっけ？」

「違いますよー。バイです。あ、嘘ですから」

「なんだ、本気にしちゃったよ」

あはは、と楽しげに笑った三上が、緊張が高まるあまり二人の馬鹿話など少しも耳に入っていなかった悠を振り返った。

「よかったね。野郎のシャワーシーンは終わったってさ」

「……あ、はい」

はっと我に返った悠が、わけもわからず相槌を打つ。

「やっぱり甥っ子君も、イケメン俳優より可愛いアイドルのほうがいいよね」

「甥っ子君って？　誰の甥御さんなんです？」

会話に助手が割り込んできて、悠は相槌を打つ必要がなくなった。

「ウチの部長だよ。沢木さん」

「ああ、あの名物編集長の。てっきりタレントかと思いました。こんなに美少年だし。あ、おべんちゃらじゃないですよ」

助手が愛想笑いをし、悠もまたそれに応える。そんなことをしているうちに三人はスタジオに到着した。

「……あ……」

悠が思わず声を漏らしたのは、スタジオのセットの中にグランドピアノがあったからだった。

「映画にピアノは出てこないんですけど、セットの角《すみ》にあったのを先生が見つけて、これ、使ってみようってことになったんです」

悠がピアノに注目したことに気づいた助手が説明をし始める。

「いいの？　映画のプロモーションみたいな写真集でしょ？」

「今日、監督が見学に来てるんですよ。さっき氷見さんが気にして確認とってましたけど、快諾してましたよ」

三上の問いに助手が答えたちょうどそのとき、それまでも充分ざわついていたスタジオ内が騒然となった。着替えを終えた被写体が――遥が登場したのである。

「あれ、シャワーシーン、終わったんでしょ」

三上がそう声をかけたのは、遥がバスローブ姿のためだった。髪も身体もまだ濡《ぬ》れているが、それはシャワーを浴びたてだからというよりは、敢えて濡らしたものと思われた。

「水も滴るいい男……って？」

ふふ、と三上が笑い、悠を見る。

「………」

その悠は、相槌を打つことも忘れ、ぽたぽたと全身から水滴を滴らせている遥の姿に目が釘付けとなっていた。

美神、という言葉が悠の頭に浮かぶ。学生時代から悠は遥の美貌に見惚れることが時々あった。

美しいのは勿論のこと、見入らずにはいられない魅力が遥には昔からあった。演劇を志した経緯はわからないが、小劇場に出演中に大手芸能プロダクションからスカウトされたというのもよくわかる。

その大手プロダクションが社運を賭けるに相応しい。今の遥の姿は、万人がそう納得するほど魅力的だった。

水も滴る——まさにそのとおりだ、と悠が見つめる中、遥は駆け寄っていった氷見に連れられ、カメラマンへと向かっていった。

「お待たせしました。よろしくお願いします」

氷見が頭を下げる横で遥もまた「よろしくお願いします」と頭を下げた。自分が来ていることにはまだ気づいていないようだ、と、悠は三上の陰に隠れながら、これから撮影に入る遥を見つめていた。

「それじゃあ、ピアノにもたれかかって」

カメラマンが遥に指示を出す。

「はい」

遥はカメラマンに笑顔を向けると、グランドピアノへと向かっていった。ライトやレフ板を手にしたスタッフがわらわらとカメラマンと遥の周囲を取り囲む。

「いきます」

カメラマンが声をかけ、遥に指示を出し始めた。

「顔、ちょっとこっち。表情は笑顔。はい、次は憂いを含んだ顔……いいね」

物凄い勢いでシャッターが切られる中、遥がカメラマンの指示通り動いていく。照れることもなく、よくできるな、と悠はただただ感心しつつ、撮影風景を見つめていた。

『写真ってなんとなく、恥ずかしいんだよ』

学生時代の思い出が、不意に悠の脳裏に蘇る。

一年生の冬、クリスマスイブに、悠も遥も共に過ごすガールフレンドがいなかった。それなら二人でデートをしよう、と遥はふざけて悠を誘い、悠もそれに悪のりして共に遊園地へと出かけた。

小雪の降る中、ナイトパレードをバックに、せっかくだから写真を撮ろうと、悪のりついでに悠が誘い、二人して携帯で写真を撮り合った。

画面の中の遥が酷く照れた顔をしていたのでからかうと、本当に恥ずかしそうにそう言い頭をかいていた、その日の風景がちらちらと舞う粉雪と共に、悠の頭に浮かんでくる。

いつの間に遥は、写真を撮られることに恥ずかしさを覚えなくなっていたんだろう。この四年の間にか？

ぼんやりとそんなことを考えていた悠の耳に、

「いいね！　いいよ！」

と興奮した声を上げていたカメラマンの、次なる指示が飛び込んできた。

「それじゃ、ピアノ、弾いてみよう。なに、真似ごとでいいから」

「……っ」

遥がピアノを弾く——その瞬間悠はこの場から逃げ出したくなる衝動を覚え、身体が動きかけた。が、続くカメラマンの言葉を聞き、愕然としたあまり思わず大声を上げてしまったのだった。

「全身、濡れていたほうが絵的にいいな。指先から水滴が滴るくらいに……」

「そんな……っ！　ピアノが傷みます！」

堪らず叫んだ悠の声がスタジオ内に響き渡る。思わぬ方向からの、しかもカメラマンに対する物言いに、場は一瞬にして凍り付いた。

「ちょ……っ！　甥っ子君！」

三上が真っ青になり、悠の袖を引く。彼の顔面を蒼白とさせているのは、カメラマンがいかにも不快そうな顔で声のほうを振り返ったためと思われた。

しまった、と悠は唇を噛み、いかにしてフォローすべきかと咄嗟《とっさ》に頭を働かせようとした。が、いい考えは少しも浮かばない。

やはりここはただただ頭を下げるしかない、そう思い、先ほど以上の大きな声で『申し訳ありませんでした』と謝罪し、深く頭を下げようとした、その直前に、スタジオ内に新たな大声が響き渡った。

「悠！　来てくれたんだ！」

満面に笑みを浮かべた遥が悠へと向かい、真っ直《ます》ぐに駆けてくる。カメラマンも、マネージャーの氷見も、スタッフも、そして三上も、何より悠が啞然として見守る中、忠義心溢れる飼い犬のように真っ直ぐに駆け寄ってきた遥が、悠の手を取り、感極まった声を上げた。

「よかった！　来てくれるかくれないか、半々だと思っていたから！　本当に来てくれて嬉しいよ！」

すっかり興奮している遥が悠の手を取り、ぎゅっと握りしめる。彼の髪から滴り落ちた水滴が、二人の手にかかった。

びく、と悠の身体が震える。

「あ、ごめん」

遥が慌てて悠の手を離し、一歩離れる。

「自分がびしょ濡れなことを忘れてた」

「あ、いや……」

遥は悠が身体を強張《こわば》らせた原因を、手が濡れたせいだと思ったようだが、実際は違った。長い指先で力強く手を握られた、その感触そのものに悠は震えてしまったのだった。

嫌悪、とは少し違う。かといって好印象を抱いたというわけでもなかった。緊張、というのとも違うが、反射的に遥の手を振り払おうとした自分がいた、と悠は水滴の乾いた自身の手を見やった。

「撮影が終わったらゆっくり話をしよう。この四年、どこで何をしていたか教えてほしい。僕も話したいことが山のようにある。聞きたいことも山のようにあるけれど」

そんな悠の様子などお構いなしとばかりに、遥が興奮したまま喋り続ける。彼の言葉を止めたのは悠ではなく、マネージャーの氷見だった。

「遥、友達との再会に盛り上がるのはあとにしろ。今は仕事中だぞ。忙しい皆さんを待たせてどうする」

「あ、すみません」

厳しい声を上げる氷見に対し、遥は、あっけらかん、という表現がぴったりなほど、素直な口調で謝ると、改めて周囲を見渡し深く頭を下げた。

「お待たせしてしまい、大変申し訳ありませんでした。ピアノを弾くんでしたよね。すぐスタンバイします」

そう言った彼の身体に、氷見が霧吹きで水をかける。

「先生、このくらいでしょうか」

それを見て悠はようやく、もう少し濡れたほうが、とカメラマンは言っていたのだったと思い出した。

「ピアノが傷むっていうのはいいのかな？　レンタル会社からクレームつく？」

カメラマンが氷見に確認を取りつつ、ちらと悠を見る。嫌み、というより、遥のテンションの高さから、一体悠がどういう人物なのかと興味を持ったようだった。

「大丈夫でしょう」

氷見もカメラマンの視線を追い、ちらと悠を見やったあと、にっこり、とカメラマンに微笑み頷いてみせる。

「それじゃあ、軽く何か弾いてみてくれる？　音は写らないからね。なんでもいいよ。猫ふんじゃったくらいは弾けるだろう？　無理ならでたらめに音を鳴らすんでいいから」

濡れた身体のままピアノの前に座った遥に、カメラマンが興奮した様子で声をかける。色白の遥とグランドピアノの黒のコントラストが画像的に素晴らしく、それでカメラマンのテンションが上がったものと思われた。

「なんでもいいですか？」

問いながら遥がちらと悠を見て微笑む。

「？」

なに、と悠がその笑顔の意味を考えかけたそのとき、遥の両手が鍵盤に落ちた。

「……っ」

いきなり、だった。遥の指先が鍵盤の上を滑り、激しく、そして美しい音色がスタジオ内に、本当にいきなり流れ始めた。

シャッターを切るはずのカメラマンの手は完全に停まっていた。ひそひそと言葉を交わしていたスタッフたちも皆、唖然とした顔でピアノを弾く遥を見つめている。

スタジオ内の空気を一瞬にして変えたといっても過言ではない。遥の演奏している曲目は——ショパンの『革命のエチュード』だった。

初めて会った日、悠が教授の前で弾いた曲だった。スタジオのピアノは調律などあまりされていないのか、やや音が狂っていたというのに、遥の演奏はそんな楽器としては致命的といわれるような欠点を補ってあまりあるほど素晴らしいものだった。

四年ぶりだというのに、遥のピアノの腕は少しも衰えていなかった。あの、教授を、他の生徒たちを、そして何より悠を虜にした、誰にも出せない素晴らしい音色が今、スタジオ内にいる全員の口を、動きを封じている。

「……凄いな、本格的だ。彼、ピアノ、やってたの？」

悠の横で、三上がぼそりと呟《つぶや》く。その声を聞いた瞬間、悠は呪縛が解けたように、はっと我に返り、自分を取り戻すことができたのだった。

「あれ？　どうしたの？」

横から顔を覗き込んできた三上が驚いた声を上げる。かなり大きな声だったので、それが皆を、先ほどの悠同様、我に返らせたようだった。

「素晴らしい！　鷹宮君、君、本格的にピアノを勉強してたんじゃないの？」

カメラマンが興奮した声を上げ、遥に駆け寄っていく。

「大学がピアノ科でした」

にこにこと笑いながら答える遥の顔を、悠は見ることがなかった。というのも三上に『どうしたの』と問われた彼の頬は涙に濡れており、それを拭《ぬぐ》うために下を向いていたのである。

「大学？　どこ？」

カメラマンが尋ね、遥が答える。

「芸大です」

「ええっ？　そんなの、プロフィールに書いてなかったじゃない」

カメラマン同様、周囲の皆が驚いた声を上げる。

「彼、芸大なの？　てか、なに？　どうしたの？」

涙を拭う悠の顔を三上が尚も覗き込み、具合でも悪いのかと問いかけてくる。

「すみません、目にゴミが……」

誤魔化した悠に三上は「なんだ」と笑うと、

「てっきり、演奏に感激したのかと思っちゃったよ」

と揶揄してきた。

それが正解だ、と心の中で呟く悠の耳に、実に屈託なく告げる遥の言葉が刺さる。

「だって卒業していませんから。二年で中退したんです。それではプロフィールに書けないでしょう？」

「芸大でしょ？　ピアノ科でしょ？　書けばいいじゃないの。ねえ、氷見さん」

カメラマンが声をかけた先、難しい顔をしていた氷見は、我に返ったように笑顔になると、

「本当ですよ。今の今まで私も知らなかった」

と肩を竦めてみせた。

「どうして言わないんだ」

「言う意味があるのかと思って」

幾分、憮然《ぶぜん》とした口調で問いかけた氷見に、相変わらず屈託なく遥が答える。

「立派な特技になるだろう。それに芸大中退だと箔もつく」

「つくつく。金箔がつく」

カメラマンが茶化し、助手たちが迎合した笑い声を上げる。

「使えるモノはなんでも使っておかないと損だよ。ねえ、監督」

カメラマンが、今日、見学に来ていたという監督を振り返った。

「まったくだ」

苦笑し頷いた監督が、ふと何かを思いついた顔になる。

「そうだ、ピアノを弾くシーンを入れよう。主人公の繊細さを出すのにいいし、何より話題になる」

「いいですね！」

カメラマンもまた興奮した声を上げ、遥に向かって叫ぶ。

「もう一度、弾いてくれ！　今度こそ撮るから」

「あ、はい。わかりました」

皆の興奮などどこ吹く風とばかりに、遥は淡々とした様子で頷くと、再び曲を弾き始めた。

「芸大ピアノ科かぁ。凄いよねえ」

シャッター音が絶え間なく響く中、悠の横で三上が心の底から感心した声を上げる。

「芸大に入れるのなんて、ほんの一握りでしょ。彼、天才なんだろうねえ」

三上はあまり、熟考して言葉を発するタイプではないことは、スタジオに到着するまでの間の車中の会話ですでに悠にはわかっていた。

今、彼が告げた『天才』という単語も、ほんの思いつき、そう、実に軽い気持ちで告げられたものだということは充分わかっていたにもかかわらず、それを聞いた途端、悠は耐えられなくなり、気づいたときにはその場を駆け出していた。

「あ！　甥っ子君！」

最後まで悠の名前を覚える気がなかったらしい三上の声を背にスタジオを出る。逃れたかったのは三上の声からではなく、ざわついた中でも相変わらず素晴らしい遥の演奏からだった。

天才、才能——四年前に自分を挫折へと追いやったそれらの単語が、美しいピアノの旋律と共に悠の頭の中で巡っている。

嫌だ。助けて、と耳を塞《ふさ》ぎ、スタジオの外で蹲《うずくま》る悠の脳裏にはそのとき、水の滴る指先でなんの躊躇いもなく鍵盤に触れた遥の白皙の顔が浮かんでいた。

撮影後、三上と共に遥にインタビューをせねばならない。それが仕事だとはわかっていたが、悠はスタジオを抜けだし自宅へと戻っていた。

仕事をすっぽかしたことに対する罪悪感は勿論あった。が、あの場に留まることにはどうしても耐えられなかった。

三上から連絡が入るかと悠はびくびくしていたのだが、もともと『おまけ』的存在だった悠に対する三上の興味は薄かったようで、なぜ帰ったといった種の電話が来ることはなかった。

そのかわり、というわけではなかろうが、夕方、悠の携帯に村雨からの着信があった。

『今、ヒマ?』

問いかけてきた彼に、どう答えればいいかを迷い、黙り込む。

『失敬。もし時間があったらでいいんだが、仕事場に来てもらえないかな?』

頼みたいことがある、という村雨に対し、悠は返事に迷ったが、叔父から命じられた仕事を——遥のインタビューをさぼってしまっている手前、せめてもう一つの仕事くらいはきちんとこなそう、と引き受けることにした。

「わかりました。すぐ行きます」

前日、飲んでいる最中に、村雨とは微妙な感情の行き違いがあった。悠は少しそれを気にしていたが、こうしていつもどおり呼び出すところをみると村雨のほうではそうでもなかったのだろうと判断し、ここは大人の対応でいくことに決めた。

なので、六本木ヒルズの仕事場で出迎えてくれた村雨が、

「昨日のお詫びをしたくて」

とダイニングに案内し、ワインを振る舞おうとしたときには悠は戸惑いまくり、その場に立ち尽くしてしまったのだった。

「あの……先生、もしかしてご用件は……」

単に『仲直り』のために呼び出したのか、と問おうとし、さすがにそれはないかと思いとどまる。

「君と仲直りしたくて」

だが村雨にその戸惑いはないようで、にっこり笑ってそう告げると、

「さあ、座って」

と、オードブル類がところ狭しと並べられたダイニングのテーブルへと悠を導いた。

「あ」

デキャンタの横に置かれたワインのラベルを見て、悠が思わず声を漏らしたのは、あまりそういったことには詳しくない彼であっても、ラベルに書いてあった『ロマネコンティ』という文字の意味するところがなんであるかを察したためだった。

「こんな高いワイン……」

「もらいものだよ。ちなみに君の叔父さんの会社にだ」

だから気にしないで、と村雨は微笑み、遥のグラスに『高級』という言葉では足りないほどの高価なワインをなみなみと注《つ》いだ。

「乾杯しよう」

自身のグラスにもワインを注いだあと、村雨がそれを取り上げ悠の前に掲げてみせる。

「はい」

悠もまた自分のグラスを取り上げ、差し出されていた村雨のグラスにそれを軽くぶつけた。

「ワインは値段じゃないけど、やはり美味《おい》しいね」

一口飲み、村雨がそう言うのに、悠もまたワインを口に含む。芳醇な香りが口内に立ち上るのに、これが六桁、否、七桁か？　を誇る高級ワインか、と思いながらごくりと飲み込んだ。

「気に入った？」

「はい」

悠はアルコールにあまり強くない。だから、というわけではないが酒類に関する興味が殆《ほとん》どなかった。

　猛暑の中飲むビールを美味しいと思う感覚はあるが、ワインに関する造詣は深くない。値段はさておき、美味しい、美味しくないの区別もあまりつかないのだったが、せっかく振舞ってくれたものを『気に入らない』と言うこともないかと悠は頷き愛想笑いを浮かべてみせた。

「昨日、君を怒らせてしまっただろう？　そのお詫びがしたかったんだ」

　気に入ったのならもっと飲むがいい、と村雨が悠のグラスをワインで満たす。

「怒ってなどいません」

　実際、悠は村雨に対し、腹を立ててはいなかった。もどかしさを覚えたくらいだ、と心の中で呟きながらもそう返した悠に、村雨がはっきりと苦笑してみせる。

「僕には話しても通じない……そう思われちゃったのかな？」

「……いえ、そうじゃなく……」

　実際にそのとおりだっただけに、否定の言葉が遅れてしまった。村雨はまたも苦笑すると、

「実際、そう思ったんでしょう？」

　と、悠を追い詰めてくる。

「そういうわけじゃありません」

「君は僕を『天才』と思ってくれていた。でもそうじゃない、と言われて一気に興味がなくなった……違う？」

「…………」

建前で『違う』と言うべきだと、悠にもわかっていた。が、同時に彼は、村雨が建前など求めていないことも理解していたので、無言を貫いた。

「鷹宮遥は天才だったの？」

答えない悠に対し、村雨が問いを変える。

ああ、やっぱりこの人はわかっている――そう思った途端、悠の中で何かのたががはずれたのか、気づいたときにはべらべらと一人で喋り始めてしまっていた。

「天才でした。あんな音を出せる人間はこの世に彼しかいません。なのに彼はいとも簡単にピアノを捨ててしまった。俳優になりたいなんて、一度だって聞いたことありませんでしたよ。今日、彼、ピアノを弾いたんです。腕はまったく衰えてなかった。調律の狂ったピアノでも、観衆を虜にする演奏をしていました。そんな素晴らしい才能があるのに、なぜ彼はピアノの道に進んでないんでしょう？　彼にとってのピアノってなんだったんでしょう？」

「……それは鷹宮君に聞かないかぎり、わからないけど」

気づけば滔々《とうとう》と喋っていた悠は、村雨のその言葉にはっと我に返った。

「……すみません。取り乱してしまって」

村雨の言うとおり、遥の真意は彼に聞かないかぎりわからない。それくらいのことは充分理解していたはずなのに、と悠は慌てて今の言葉を取り消そうとした。

「なんでもないです。もう酔っ払っているのかも……」

酒のせいにしたが、実際、空腹のところにワインを飲んだせいもあり、悠は少々酔っていた。ここらでもう、話を打ち切ろうと愛想笑いを浮かべた悠を村雨はじっと見つめていたが、やがてふっと笑うと、おもむろに口を開いた。

「前に読んだ小説だったか漫画だったか忘れたけど、天才っていうのは天才ゆえ、自分の才能を大事にしないんだって」

「……え?」

どういうことだ、と首を傾げた悠のグラスにワインを注ぎ足しながら、村雨が物憂げな口調で話を続ける。

「『天賦の才』は労せずして身についているものだろう? だから簡単に手放すことができるというんだ。逆に、『天才』じゃない……そうだな、『秀才』タイプは、努力して努力してその才能を育てていくものだから、何があってもしがみつこうとする。その話を読んだときに、なるほどね、と思ったよ。鷹宮君がピアノをやめた理由もそんなところにあるんじゃないのかな?」

「……そう……ですね……」

きっとそれが正解なのだ。悠は心の底からそう思い、深く頷いていた。得たくても得たくても得られない。それが天賦の才だ。切望しても得られないそれは、望んでもいない人間に与えられる。

労せずして手にしたその才能をいとも簡単に捨ててしまうのは天才のみに許された特権だと、頭ではわかっていたが、やりきれない思いは残った。

「狡《ずる》い……狡すぎる。彼にとってピアノってなんだったんでしょう」

責めるべきは遥であり、村雨ではない。それくらいは悠にもわかっていたが、言葉はとまらなかった。

「彼と同じ音を出したかった。でも凡人には無理なんです。僕は彼に会うまで、自分を凡人なんて思ったことはありませんでした。それなりに才能はあると信じていたのに、そんな僕のアイデンティティーを彼は打ち崩した上で、自分もピアノをやめてしまってるんです。どうして？　なぜやめたんだ？　天才だから？　そんなの、認められませんよ。しかも彼はやめたはずなのに、未だに素晴らしい演奏ができるんです。僕は指も動かないというのに。酷いよ。酷すぎるよ。才能を与えたのは神様なんでしょうか。だとしたら神様は不公平すぎる！　いらない才能なら僕が欲しかった！　どうしていらないっていってる相手に与えるんだ……っ」

「悠君、落ち着いて。さあ、今日は飲もう」

興奮する悠を持て余したのだろう、村雨が悠のグラスにまたワインを注ぎ足し、目で飲むよう促してくる。

「四年もピアノから離れてたんだ。指なんかもう動かないはずなのに……遥は……遥は……」

悠の頭の中に、先ほど聴いたばかりの遥の演奏が巡る。ああも素晴らしい音を奏でる彼が既に音楽の世界にいない。それが許せない、と悠は尚も喚《わめ》きたてた。

「遥はピアノを続けるべきだった。僕の分も……彼が挫折させてきた数多くの学生の分も。何が天賦の才だ！　天才は何をしても許されるっていうのか！　そんなの、神様が許しても僕が許さない！　最低だ！　最低だ！　最低だーっ！」

最後はもう、言葉にならなかった。込み上げる涙をこらえることができず、両手に顔を埋《うず》める。

「う……っ」

喉《のど》に迫る嗚咽《おえつ》を悠は必死で飲み下そうとした。人前で泣くことが恥ずかしいという気持以上に、泣いたら負けだという思いのほうが強かったが、『負け』といいつつ何に負けるのかは自分でもよくわかっていなかった。

遥に対して負けるのが嫌なのか。遥にはもう、四年も前に『負けて』いる。今更何を泣いているのだか、と自嘲しようとしたが、上手くいかない。

「悠君、酔ったのかな？」

耳元で優しげな村雨の声がし、肩を抱かれる。いつの間に彼が席を立ち、背後に来ていたのか、悠にはまるでわかっていなかった。

「隣が仮眠室になってるんだ。少し横になるといい」

身体を支えられ、席を立つ。そのまま背後から抱きかかえられるようにして部屋を出た。ドアを開いたそこは真っ暗だったが、すぐに村雨が明かりをつけ、部屋の真ん中にキングサイズのベッドがあるのを知る。

仮眠室といっていたが、寝室とどこが違うのかわからない。そんなことをぼんやり考えている間にベッドへと辿《たど》り着き、またも身体を支えられるようにして腰を下ろした。

「寝ていいよ」

「………」

ぽん、と背を叩かれる。村雨の手はそのまま悠の背から退かなかった。

「落ち着いた？」

顔を覗き込まれ、頷こうとした悠は、随分と村雨との間の距離が近いことを改めて察した。

「……すみません、もう大丈夫です」

息がかかるほど近い、と心持ち身体を引こうとすると、背中に回った村雨の腕がそれを制する。

「…………」

もしかして、と悠はまじまじと村雨を見やった。

「ん？」

村雨が目を細めて微笑み、更に顔を近づけてくる。

「先生はゲイなんですか？」

悠は今までの村雨の言動をざっと思い起こし、そういうことか、と納得しつつ問いかけた。

「……参ったね」

問いかけがストレートすぎたからだろう、村雨が苦笑し悠から目を逸らせる。

「あ、すみません」

失礼だったか、と悠が詫びると、村雨は「いいさ」と笑い、ぽん、とまた悠の背を叩いた。

「その分だと大分落ち着いたようだね。少し話せる？」

「あ、はい」

頷き、また悠は身体を引こうとしたが、村雨の腕は去る気配がない。もしかして『その気』なのかなと悠は改めて村雨を見つめた。

バックパッカーとして世界を回っていた頃、何度か同性に声をかけられたことはあったが、その趣味はないと、その種の誘いはすべて断っていた。

ゲイに対する偏見はないつもりだが、悠にとっては同性は恋愛対象ではなかった。どうしようかなと村雨の出方を窺《うかが》う。

「そういや悠君、君、『はるか』だよね？」

「え？」

唐突な問いに戸惑い、悠が目を見開く。

「いや、『ゆう』と呼ばれていたからさ」

「……ああ……」

そこまで言われて悠は、村雨が遥について話題を戻そうとしていることに気づいた。出版社での再会の際、遥は悠を以前と同じく『ゆう』と呼んでいた。それを指摘しているのだろう。

「遥も――鷹宮君も名前が『はるか』なので、混乱するからと、彼だけは僕を『ゆう』と呼んでいたんです」

「君に名前を変えさせたんだ」

「変えさせた、というわけではなかったですね」

答える悠の脳裏に、初めて『ゆう』と呼ばれた日の光景が浮かぶ。

『同じ名前だなんて、偶然にしても嬉しいな』

言葉どおり、遥は本当に嬉しそうに笑っていた。あれは『友達になってくれ』と言われたあと、了解した悠に遥がフルネームを尋ね、それで漢字は違えど音が同じ名前であることがわかったときのことだ。

『でも、お互い「はるか」と呼び合うのってなんだか変だよね』

『え？』

悪戯っぽく笑いながら遥にそう言われ、悠は少し戸惑いを覚えつつ彼を見た。

悠が戸惑ったのは、遥が、今後は名字ではなく名前で呼び合うつもりだったのか、ということに対してだった。

『はるか』という名前は女の子みたいで、実は悠はあまり気に入ってなかった。小学生の頃、外見が女の子っぽかったためもあり、同級生にからかわれたのがトラウマとなっていたのである。

なので今まで友人とは皆、名字で呼び合っていた。同じ『はるか』であるのだから、名字で呼び合おう、と提案するつもりで口を開きかけた悠の前で、

『そうだ！』

あたかも素晴らしいことを思いついたような表情を浮かべた遥が大きな声を出した。

『なに？』

『君のこと、「ゆう」って呼んでもいいかな？』

『え？』

『悠』の漢字の音読みか、とすぐに気づいたが、なぜ、とつい、訝《いぶか》しげな顔をしてしまった

悠を見て、遥が照れくさそうに微笑む。

『あ、別に僕の名前の読み方を変えてもいいんだけど、なんていうか、僕だけが使う呼び名っていうのが、ちょっと特別っぽくて、嬉しく思えて……』

子供っぽいかな、と頭をかく遥を前に、悠の胸になんともいえない温かな思いが広がっていった。

『別にいいよ。これから「ゆう」って呼んでくれても』

『ゆう』

許可を与えた直後、早速呼びかけてきた遥に、悠は思わず笑ってしまった。

『うん？』

『ゆう』

『ええと……遥』

こっちも名前で、と呼びかける。なんだかくすぐったいなと思いつつ遥を見ると、遥もまたどこかくすぐったそうな顔をしていたので、二人して思わず吹き出してしまった。

『ゆう』

『遥』

すぐに互いの呼び方は定着したものの、遥以外に悠を『ゆう』と呼ぶ人間はいなかったし、悠がファーストネームで呼ぶ相手もまた誰もいなかった。

海外で暮らすようになってからは、相手のファーストネームを呼ぶ機会も増えたが——いつしかそんなことをぼんやりと考えていた悠は、背中に回った村雨の手に力がこもったことで、はっと我に返った。

「『ゆう』という響きはいいね。僕もこれから君のことを『ゆう』と呼ぼうかな？」

村雨がそう言い、にっこりと微笑みかけてくる。

「……それは……」

ちょっと嫌だな、という思いが顔に出てしまったことを、悠は村雨のリアクションで知ったが、なぜ自分が嫌だと思うのかまでは理解していなかった。

「勝手に名前を変えられるのは嫌か」

ふふ、と笑った村雨が、

「そういうわけでは……」

と言い繕おうとした悠の顔をまた酷く近い距離から覗き込んでくる。

「下世話なことを聞いてもいい？」

「はい？」

何を聞かれるのか、と問い返した悠は、続く村雨の言葉に、自分でも思いがけないほどの大きな声を上げていた。

「君と鷹宮君、以前付き合っていた……とか？」

「違います。僕はゲイじゃありませんから」

言い捨てた、という表現がぴったりの口調で言い切ってしまったあと、しまった、と悠は反省し、急いで村雨に詫びた。

「すみません、先生の性的指向を責めるというか、そういう気はまったくありませんので……」

「あはは、気にしていないよ。こちらこそ失礼な質問をして悪かった」

怒らないでくれ、と村雨が笑い、ぽんと悠の背を叩く。ようやく背中から手が離れた、と思ったときには、村雨は立ち上がっていた。

「誤解だった。てっきり君は昔、鷹宮君との間に何か感情の行き違いみたいなものがあってそれで久々の再会に動揺しているのだとばかり思っていた。もっと高尚な悩みだったというのに、本当に悪かったね」

「いえ……」

背中から温《ぬく》もりが消え、隣に座っていた村雨の質感というか、重さというかが失われたとき、悠は一人取り残されてしまったような気持ちに陥り、不意に訪れた孤独を酷く寂しく感じた。

「門外漢の僕が言うことじゃないけど、君は真面目すぎるきらいがある。才能の有無にかかわらず、好きならその道を選べばいいんじゃないかな」

村雨はまた、にっこりと目を細めて微笑むと、

「第一、天才しかその道に進めないとなったら、日本の音楽人口はごくごく少なくなってしまう。それに、才能の有無は自分で決めるものじゃないとも思うよ。素人考えだが、才能がなければそもそも芸大には入れなかったと思うしね」

「……自分の才能は自分が一番よくわかっています」

悠とて、自分を元気づけようとしてくれての言葉を村雨が告げているくらいのことはわかっていた。

ここは『ありがとうございます』と礼を言い、この場を辞するべきだろうし、村雨もその流れを狙っていることもよく理解していた。

なのに悠が村雨にそうしてつっかかっていったのは、甘えに他ならなかった。

帰宅し、一人になるのが怖かった。目を閉じようが耳を塞ごうが、昼間に聴いた遥のピアノが頭の中を巡り、華麗な彼の指さばきを幻として見るに違いない。それがわかっていたため悠は、なんとしてでもこの場に留まりたいと、敢えて村雨に反発してみせたのだった。

「君は傲慢だねえ」

村雨は正しく悠の意図を読んでくれたようだった。

苦笑した彼が再び悠の隣へと腰を下ろし、肩を抱いてくる。

「傲慢……でしょうか」

「自分が天才じゃないからピアノをやめた――そのどこが『傲慢』じゃないのか、教えてもらいたいくらいだよ」

「天才じゃないから、じゃないです。才能がないと思ったからやめたんです」

さすがに自分を『天才』とまでは思っていない。そう反発してみせたのも、半分演技のようなものだった。

第一、村雨のほうが悠を本気で『傲慢』などと思っておらず、演技をしていることは大仰な表情からわかる。

これは芝居だ――一つの目的に向かって、話を運んでいくための即興の芝居。

打ち合わせも何もないエチュードの行く末は、と悠は自分の腰掛けるベッドの、皺一つないシーツをちらと見下ろした。

「才能がないと思い知らされたとき、オーバーでもなんでもなく、人生の指標を失った気がしました。世界の中にたった一人、取り残されてしまったような――どうしたらいいかわからなくなって、その世界から逃げ出してしまったんです。他の世界にいけば誰かがいるに違いない。そう思って……」

ぽつりぽつりと悠が言葉を告げていく。喋りながら彼は、これは本心ではあるが、どこか台詞を喋っている感じがあるな、と考え、その『台詞』の出所に早くも気づいた。

『そう、世界には僕しかいない、そういう気持ちを常に抱いていた』

初めて遥と会ったとき、彼が告げた言葉だ。

だが彼の『孤独』は天才ゆえのもので、自分の『孤独』は凡才ゆえのものと、結構な違いがあることにも同時に悠は気づき、なんだかたまらない気持ちになった。

「つらいんです！」

その思いが口をついて零れ出る。その瞬間悠は村雨に抱き寄せられ、彼の胸に顔を埋めていた。

「癒してあげる。君の心の傷を」

耳元に響く村雨の、少し掠《かす》れた声が心地よい。

「……はい……」

礼を言うのがいいのか、それとも黙っていたほうがいいのか。判断がつかなかった悠は聞こえないような小さな声でそう告げ、両手を村雨の背に回した。

男同士で抱き合っていることに対する嫌悪感はなかった。嫌悪どころか酷く心地いい、と尚も村雨の背を抱き寄せ、彼の胸に顔を埋めていくと、村雨の苦笑が耳元で響いたと同時に、ゆっくりと彼が体重をかけてきた。

最初から抵抗するつもりはなかった。そのまま仰《あお》向《む》けに倒れ込み、明かりを背にした村雨の整った顔を見上げる。

「悠君」

己の名を呼んだ村雨の唇が次第に近づいてくる。

キスか——最後にキスをしたのはいつだったか。随分と久しぶりだなと思いながら悠は目を閉じ、村雨の唇を待った。

間もなく温かな感触が悠の唇を覆ったが、しっとりとしたそれは同性のものだというのに、やはり悠に嫌悪感を呼び起こさなかった。

軽く開いていた唇の間からざらりとした舌が挿入され、歯列をなぞられる。

ぞく、とした感覚が背筋を上ったが、それも『嫌悪』よりはどちらかというと『快感』に近い感覚だった。

口を更に開き、村雨の舌を受け入れる。村雨のキスはなんというか、酷く優しいものだった。

荒々しい印象はまるでない。丹念、という表現がぴったりくる、丁寧なキスである。

頬の裏側をゆっくりと舐《ねぶ》っていた舌がやがて悠の舌を捉え、遠慮深く吸い上げてきた。

悠の今まで付き合った女性に、そう積極的なタイプはいなかったため、キスも行為もすべて彼主導で行っていた。こうして相手に身を任せるというのも新鮮だな、と思いつつ、悠からも村雨の舌を吸い返す。

「…………」

その感触を受け、村雨の動きが一瞬止まった。え、と思い、悠が薄く目を開く。

焦点が合わないほど近づいていた村雨の瞳が、悠の視線を受け止め、微笑みに細められた次の瞬間、今までとはまるで違うキスが始まった。

それまでのいたわりに満ちた優しいキスが、いたわりはそのままに激しく情熱的なものに一瞬にして変じる。

きつく舌を吸われたとき、自身の身体がびくっと震えたが、それもまた嫌悪からではないことは、悠が一番理解していた。

獰猛《どうもう》といってもいい口づけを続けながら、村雨の手がすっと動き、悠のシャツのボタンを外し始める。

服を脱がされるのもまた新鮮だ——そんなことを考えるなど、いかにも余裕があるようだが、実際はその逆だった。

生まれて初めての経験に戸惑いまくっていたため、思考でもしていなければ現実を受け止めきれなかったのである。

思考はなんでもいいわけではなかった。自分がどうして村雨に抱かれる気になったのか、抱かれたあと二人の関係はどうなるのか。そういった『現実』は思考の世界から遠ざける必要があった。

それゆえどうでもいいようなことを必死で考えようとしていた悠は、外れたボタンの間から差し入れられた村雨の指が裸の胸に触れる感触に、びく、とまた大きく身体を震わせた。

思いの外、指先が冷たかったせいもある。その冷たい指先が滑るように悠の胸をひとしきり撫《な》でたあと、乳首をきゅっと摘まんできたとき、またも悠は自分でも驚くほどに、びくっと身体を震わせていた。

「………」

キスを中断した村雨の唇から、くす、と笑いが漏れる。

笑われた、と彼を見上げようとしたときには、村雨はもう悠の首筋に顔を埋めていた。

「……ん……」

首筋を強く吸われ、痛痒《いたがゆ》いような感覚に悠の口から微《かす》かな声が漏れる。

村雨の唇は悠の首筋を強く吸い上げながらやがて胸へと下りてきた。

彼の髪が揺れる様を、その唇の向かっている先が自身の乳首であることを、いつしか目を開いていた悠はじっと見下ろしていた。

「……ん……」

村雨の舌が悠の乳首を舐《な》めあげる。ぞわ、とした感覚が背筋を上った、と感じた次の瞬間、もう片方の乳首を村雨の繊細な指先がまた、きゅっと抓《つね》った。

「あ……っ」

唇からこぼれた自分の声に、悠ははっとし、思わず唇を噛んだ。自分がまるで女性のような声を出していたことを恥じたのである。おかげで素に戻ってしまった彼は、自分は一体何

をしているんだかと天井を仰ぎ見た。

我に返ったせいで、快楽の兆しが一瞬遠ざかる。そのせいでますます冴えてきた思考のまま、悠は視線を天井から自身の胸を舐《ねぶ》る村雨へと向けた。

ざらりとした舌先で乳首を転がされ、もう片方を強く摘まれる。またも腰のあたりから、去りかけていた快楽の波がうねりのように立ち上ってきたが、それに身を任せることを悠は瞬時迷った。

きっと自分は後悔するに違いない――考えるまでもなく自明のことである。悠にも勿論それがわかっていた。

明らかに自分は自棄《やけ》になっている。だからこうも馬鹿げたことに身を投じているのだ。今ならまだ後戻りができる。やっぱりやめます、と村雨の肩を押しやればいい。

頭ではそう考えているのに、悠の腕は上がらなかった。もうどうにでもなれ、という考えが頭の中を巡る。

そのとき村雨が悠の乳首を軽く噛んだ。

「……あっ……」

強い刺激に、じいんとした痺《しび》れが悠の全身を覆い、快楽に思考が紛れる。

そうだ。このまま快感に身を委《ゆだ》ねてしまおう。頭を空っぽにするんだ。そうすれば何も考えずにいられる――目を閉じ、息を吸い込んで村雨の行為に意識を集中させようとした。

また、村雨が乳首を嚙む。

「んん……っ」

自分の胸に性感帯があることなど、今の今まで知らなかった。男の胸にもあるものなんだ――ともすれば『後悔』という思考に陥ってしまいそうになるのを、違うことを、それもどうでもいいようなことを考えることで踏みとどまろうとしていた悠は、不意に胸にすっと風を感じ、薄く目を開いた。

「……あ……」

風を感じたのは、村雨が顔を上げたためだった。唾液で濡れた乳首が空気に晒《さら》されたからだと悠が察したと同時に、村雨が身体を起こした。

「……あの……」

なぜいきなり中断を、と眉を顰めた悠に、村雨は苦笑してみせたあと、腕を引き起き上がらせた。

「弱みにつけ込むのは卑怯かなと思ってさ」

はい、と悠から脱がせたシャツを手渡してくれながら、村雨が片目を瞑《つぶ》る。

「別に……」

かまわない、と言おうとした悠の声にかぶせ、村雨が言葉を続けた。

「それにきっと君は後悔しそうだからね」

「…………そんなことは…………」

ありません、と言い切ることができない悠に、また村雨は苦笑めいた微笑みを浮かべると、

「送っていくよ」

と言葉を残し、一人ベッドを降りた。

「先生」

「外、雨が降ってきたみたいだからね。ああ、シャワーを浴びたかったら奥の扉が浴室に通じているから」

それじゃあ、と、今度は『苦笑』ではない笑みを浮かべた村雨が、大股《おおまた》で部屋を出ていく。

「…………」

先生、ともう一度呼びかけようとしたときにはバタンとドアが閉まっていた。悠は暫《しば》し呆然とそのドアを見つめていたが、やがて、ふう、と大きく息を吐き出し項垂《うなだ》れた。

視界に、舐られたせいで赤く色づいている自身の乳首が飛び込んでくる。戯れに指先で突くと、背筋にぞく、とした刺激が走り、いたたまれない気持ちに追いやられた悠は慌ててシャツを着始めた。

何をしているんだか、と、ともすればすぐ、溜め息をつきたくなる。村雨の、唐突な行為の中断はもしや、不快感によるものなのかもしれない。そう気づいたのは服を着終わったあとだった。

心ここにあらずの状態である自分にプライドを傷つけられた――とか？

だがたとえそうだったとしても、相手が怒りを露《あら》わにしていないのに詫びるのはいかがなものか。逆に失礼にあたるんじゃないか、などと考えながら悠はベッドを降り、村雨が出ていったドアへと真っ直ぐに向かった。

廊下を進み、リビングへと辿り着く。そっとドアをノックし小さく開くと、ソファで村雨は一人、ワイングラスを手の中で弄《もてあそ》んでいた。

「シャワーはいいの？」

すぐに悠に気づき、笑顔を向けてきた彼に、悠はリアクションに一瞬迷ったあと、言葉に詰まり頭を下げた。

「……すみません……」

やはり謝罪する場面ではなかったのか、それを聞いて村雨はまた苦笑すると、

「行こう」

とソファから立ち上がり、悠を玄関へと誘った。

「あの、大丈夫です。一人で帰れますので」

自身も部屋を出ようとする村雨に、悠は慌ててそう声をかけた。

「家まで送るよ」

それでも村雨はタクシー乗り場までついてきて、共にタクシーに乗ろうとする。

「本当に結構です。時間がもったいないですし……」

別れがたく思っているというより、村雨はタクシー代を負担してくれるつもりのようだと悠は判断していた。

自分をベッドに誘ったことに村雨は罪悪感を抱いているようである。

だが無理矢理押し倒されたわけでもなし、お互い様だと言いたかったが、口にするのは憚られ、それで悠はバイトの身にもかかわらず『編集者』の顔をし、村雨の好意を退けようとした。

「その暇があれば書けって？」

今回も悠の意図を正確に読んでくれたらしい村雨が、少々おどけた口調でそう言い、肩を竦める。

「叔父に怒られますから」

叔父の名を出したのも意図的だった。

「違う意味で怒られそうだけどね」

またも村雨が正確に悠の心理を読んだ言葉を口にする。

「わかった。仕事場にUターンして書くよ。これ、タクシー代」

悠をタクシーに押し込むと、村雨は上着のポケットから無造作に一万円札を取り出し運転手に渡した。

「つりはいらないから」

「先生、結構です。自分で払いますので」

悠は慌てたが、さすがに運転手の手からお札を取り上げるわけにはいかずに後部シートで固まる。

その間に村雨は「いってくれ」と運転手に声をかけ、自動ドアを軽く手で押した。

一万円をもらったためか、運転手は村雨の指示通りにすぐにドアを閉め、車を発進させてしまった。

「先生！」

呼びかけ、振り返ってリアウインドウ越しに村雨を見やる。村雨は右手を上げ、その手を軽く振ってみせた。

「………」

運転手に車を停めさせ、自分の財布から一万円を出して渡す——これから自分がなすべき一連の動作を思い描いたが、村雨は決して受け取らないだろうと悠は思い、実際に行動に起こすのはやめることにした。

何をしているんだか、とシートに背を預け、溜め息を漏らす。ちょうどタクシーは地下の車寄せから地上に出、村雨の言ったとおり、土砂降りといっていいほどの雨が降っていることを悠は知った。

強い雨足のせいで、車窓から外を見やっても視界が霞《かす》む。

季節はずれの台風か何かか、とぼんやりと激しい雨に濡れる街並みを見やっていた悠の耳に、微かにピアノの音が響いた。

実際の音ではない、幻の音だった。昼間聴いたショパンだ。

遥の指が奏でる音は、四年前、堪らず彼が演奏中の教室から遁走したときとまるでかわらぬ素晴らしい音だった。

遥も自分と同じく二年で大学をやめたと言っていた。

四年のブランクがあるというのに、なぜ以前とまるで同じ音が出せるのだろう。

ずっとピアノを弾き続けていたとか？　それとも天才というものは、何年ブランクがあろうが関係なく才能を発揮できるものなんだろうか。

今、もしもピアノを弾く場面がどこかであったとしても、自分にはもう弾くことはできない、と悠は自身の指を見やった。

弾きたくない、ではない。ピアノの世界に背を向けたのは弾きたくないからだったが、それから四年が経った今、たとえ弾きたいと思ってももう、指は動かないに違いなかった。

譜面だってきっと、読めなくなっている。それが凡才というものだ。

遥のようにはきっと——豪雨の中、人通りも途絶えていた街の景色を見るとはなしに見やっていた悠の口から深い溜め息が漏れた。

運転手がバックミラー越しに注目するほどの大きな溜め息をついてしまう、そんな自分が厭《いと》わしく、唇を嚙む。

もし、村雨に身を任せていたら、こんな気持ちを抱えたままの状態から脱していたのだろうか。

悠は敢えて思考を村雨へと向けてみた。

もしもあのまま行為を続行していたら、今頃まだ自分はベッドの——村雨の腕の中にいる。

同性とのセックスの経験はないが、思ったよりはハードルが低かった。

だがそれは相手が村雨だからで、誰に対してもハードルが低いわけではないだろうな、と村雨の端整な顔や、スマートな仕草、それに手馴れた愛撫を思い出す。

悠も女性を抱いたことはある。ありはするが、そう経験豊富なほうではなかった。

ゆきずりの関係は一度もない。大学に入る前はピアノ漬けの毎日だったので、女の子と遊びにいく暇はなかったし、入ったあともまた、ピアノ漬けだった。

ピアノを弾いていない時間は、ほぼ遥と一緒にいた。ピアノを自由に弾きたいという理由で遥は学生会館に入っていたが、ピアノは共有のものが一台あるだけで、そうそう独占はできない上、ライバル意識が高いのか、学生たちは皆ぎすぎすとしていて居心地が悪かったようだ。悠は自宅から通っていたので、遥はよく悠の家に遊びに来たものだった。

家でも二人でやることといえば、ピアノの連弾だったり、互いの課題曲を評価しあったりと、やはりピアノにばかり触れていたように思う。

そんな中で、悠が初めて女性と付き合ったのは、二年にあがる前の春休み、遥の帰省中だった。

相手はバイオリン科の同級生で、告白され、ふた月ほど付き合ったのだが、なんとなく自然消滅的に別れた。

その後、五月のゴールデンウイーク前に、高校の同窓会があり、久々に会ったもとクラスメイトの女性からずっと好きだったと告白され交際が始まった。が、これも長続きせず、一人目と同じく二ヶ月後に、関係は自然消滅した。

悠が関係を持った女性はその二人きりだった。バックパッカーとして世界を回っていた頃にも誘惑は何度かあったが、海外ではどうしても警戒心を解くことができずにおしなべて断っていた。

わずか二人、しかもそれぞれに二、三回ずつという乏しい性経験では仕方がないのかもしれないが、セックスの快感に溺《おぼ》れる、といったことを体感したことがなかった。

射精の瞬間は頭の中が真っ白になる。だがそれは自慰も一緒だったし、かえって自慰のほうが相手を気遣わずにすむ分、快感が大きいようにも思っていた。

村雨は経験豊富そうであったから、セックスの際、それこそ我を忘れるほどの快感を与えてくれたかもしれない。自分がそんな状態に陥っている姿を想像するのは難しいが、すべてを忘れるほどの快楽をもしも村雨が与えてくれるのであれば、こうして帰るべきではなかったのかもな、と悠はすでに見えるはずのない六本木ヒルズを振り返るべくリアウインドウへと視線を向けた。

もし、これから引き返せば村雨はその気になってくれるだろうか。

一瞬だけ悠はそう考えたが、運転手に行き先変更を告げることはなかった。

家には確かワインが数本あった。今夜はアルコールに救いを求めることにしよう。

セックスによる快感より、酔い潰《つぶ》れて眠ったほうが、身体へのダメージも少ないはずだ。

二日酔いになるくらいで、と、悠が一人苦笑したあたりで、自宅としているアパートが見えてきた。

その部屋を世話してくれたのも編集長をしている叔父だった。悠の自宅は——帰国後の両親が居を構えたのは鎌倉で、出版社に通うのに、片道約二時間ほどかかることから、大家が叔父の知り合いであるというこのアパートを紹介してくれたのだった。

八畳ほどのワンルームで、狭くはあったが、風呂もトイレも、それに簡易式ながらキッチンもついている、都心に近い場所にあるというのに、月四万という破格の安さで、ほとんど荷物もなく、家で料理もしない悠は非常に重宝していた。

欠点といえば、三階建てであるのにエレベーターがないことと、セキュリティ面のケアが——たとえばオートロックなどの設備がまるでないことだった。

寝に帰るだけゆえ室内はほぼ空っぽで盗まれるものもないし、悠の部屋は二階の階段を上ってすぐのところにあったので、どちらの欠点もそう気にならなかった。家賃は安いが防音はかなりしっかりなされていて、隣や上下の住人がたてる音に悩まされることもなかった。弾こうと思えばピアノも弾けるかも、と、ぼんやりとそんなことを考えている自分に気づき、苦笑する。

ピアノなど置いたら部屋が狭くてたまらない。それ以前に自分はもうピアノをやめた身だ。四年も前に――学生時代の自身の姿が思い浮かびそうになり、悠は頭を二、三度振ることで結びかけた像を脳の外へと追い出すと、そろそろ着くな、と後部シートから身を乗り出した。

「すみません、次の四つ角の先で……」

アパートは四つ角に建つ比較的大きな家の隣だった。四つ角を渡ったところで降ろしてほしい、と運転手に伝えようとした悠の言葉がそこで止まる。

「あれ」

運転手が訝しげな声を上げたのもまた、悠が言葉を飲み込んだのと同じ理由のようだった。

「なんですかね、あれ」

振り返り尋ねてきた運転手に悠は「さあ」としか答えようがなく、彼を、そして運転手を驚かせた光景を改めて見やった。

アパートの前に佇《たたず》む、長身のシルエット――どうやら男性であることがわかるその影は、傘も差さずにその場に立ち尽くしている。

「四つ角の先ってあそこ……ですよね」

「あ、はい」

悠が頷いたときには、タクシーは随分とアパートに近づき、ヘッドライトが雨の中に佇む男を照らしていた。

「……大丈夫ですか？」

この土砂降りの中、傘もささずにいる男を運転手は不審者と見たらしく、本当に車を停めていいものかと、再度悠に尋ねてきた。どうするか、と迷った悠はヘッドライトに照らされた男へと視線を向け——。

「あっ」

次の瞬間、自分でもびっくりするほどの大きな声を上げていた。

「わっ」

突然悠が声を発したことで、運転手は相当驚いたらしく、急ブレーキを踏み車を停めた。

「……っ」

前に投げ出されそうになるのを、助手席のシートの背を摑んで堪えた悠は、

「すみません」

と詫びたあとに、

「ここでいいです」

と、告げ、車を降りようとした。

「あ、お釣り……」

運転手が慌てて釣り銭を用意しようとするのを、

「先生はお釣りはいらないと仰っていたので、結構です」

と制したのは、今、自分が目の前にしている光景が現実か否かを、一刻も早く確かめたかったためだった。

「いいんですか？」

すみませんねえ、と愛想笑いを浮かべながら運転手が自動ドアを開く。ドアの外は豪雨ではあったが、悠は躊躇わずに車を文字通り飛び出し、アパート前に立つ男へと駆け寄っていった。

「ゆう！」

びしょ濡れの男が、それは嬉しそうに悠の名を——彼しか呼ばぬその呼び方で名を呼び、彼もまた悠のほうへと駆けてくる。

やはり幻でも夢でもなかったのか、と悠は半ば呆然としながら、頬に冷たい雨が当たるのも感じることなく、満面の笑みを浮かべる彼を——遥を前に立ち尽くしてしまっていた。

びしょ濡《ぬ》れの遥《はるか》を前にただ呆然《ぼうぜん》としていた悠《はるか》だが、遥がくしゃみをしたのに我に返った。

「と、取りあえず、部屋に……」

わけがわからないながらも、このままでは風邪を引いてしまう、と悠は遥の腕を取り、部屋で濡れた身体《からだ》を乾かしてもらおうとした。

「………」

摑《つか》んだ遥の腕を覆うシャツはぐっしょりと濡れそぼり、指先に感じるはずの体温は少しもその温度を悠に伝えてこなかった。

こうも冷え切っている彼は、一体何時《いつ》からここにいたんだ、と驚いて悠は遥を見やった。

「ん?」

遥は、悠が何に対して驚いているのか、まったくわからないように、笑顔で問いかけてくる。

「すっかり冷たくなってるじゃないか!」

風邪を引いてしまう、と、悠は何も考えることなく遥の腕を摑んだのだが、逆にその手を握られ、はっと我に返った。

「話をしたかったんだ。だって悠《ゆう》がスタジオから急にいなくなるから」

「とにかく風呂！　そう、風呂！　身体、温めないと！」

「寒くないよ、別に」

何を慌てているんだか、と遥は笑っていたが、その唇はわなわなと震えていた。

「歯の根が合ってないじゃないか！　馬鹿！」

遥は昔から、自分の体調に無頓着なところがあった。北海道出身——とはいえ小学校に上がる前までしか住んではいないという話だったが——だからか、気温の酷《ひど》く低い日に薄着でいたりして、大学生の頃はよく、悠は遥を今と同じように怒鳴りつけたものだった。

「わかった。シャワー、浴びてくるから」

貸してね、と微笑《ほほえ》み、遥が浴室へと消える。やれやれ、と溜《た》め息《いき》をついた直後に悠は、いつの間にか四年の歳月を自身が飛び越えていることに改めて気づいた。

浴室からシャワーの音が響いてくる。既に自分と遥の間の距離感は、四年前に戻っているという自覚が、悠をこの上なく憂鬱《ゆううつ》にしていた。

できることなら、今現在遥とは、できるかぎりビジネスライクな付き合いをしたいと悠は考えていた。

写真集の編集の手伝いを命じられはしたが、あくまでもサブであるし、仕事としてこなせばいい。

なのに遥は、四年の時を一気に飛び越えようとしてくる。彼のアプローチを避け続けてきたはずなのに、気づけばその思惑にはまってしまっている自分が情けなかった。

思惑、といった意識は遥にはないのかもしれない。彼は自分がなぜ姿を消したのか、その理由を知らないのだから。

説明する気もなかったし、今後もないだろうけれど、と悠は、はあ、と思考を打ち切るように深く息を吐き出すと、遥のためにタオルと、それに着るものを用意しようとクローゼットへと向かっていった。

シャワーの音が響く浴室に「タオルと着替え、置いておくから」と声を張り上げると、すぐに水の音が止《や》み、遥が戸を開いて顔を出した。

「ありがとう。すぐ上がるから」

「充分身体を温めてからのほうがいいよ」

水滴が滴る裸体は、やはりつい見入ってしまうほどに端整だった。途端に昼間の撮影風景が蘇《よみがえ》りそうになり、悠は我ながら無愛想な口調でそう言い捨てると、すぐに洗面所を出、部屋に戻った。

遥はその僅《わず》か一分後には着替えを済ませ、悠のいる部屋へとやってきた。

「よく温まれって言ったじゃないか」

まだ顔色が悪い、と悠はつい非難の目を向けてしまったのだが、遥はにこにこ笑いながらそんな悠に近づいてきた。

「もう大丈夫。温まった」

「嘘だ」

「嘘じゃないよ。ほら」

そう言ったかと思うと遥はやにわに悠の手を取り、自分の頬《ほお》へと持っていった。

「……っ」

指先に感じた遥の頬は、確かに温かい、といっていい温度になっている。

「ね？」

にこ、と笑う遥の目は、酷く潤んでいるように見えた。煌《きら》めく星を彼の瞳の中に見出《みいだ》した悠の胸が、どきり、と変に高鳴る。

「髪、乾かしたほうがいい。ドライヤーは洗面所にあるから……」

さりげなく遥の手を振り払い、悠は彼を再び洗面所へと導こうとした。無意識ではあったが、対話のタイミングを少しでも後ろにずらしたい気持ちからの行動だったのだが、それに気づいているのかいないのか、遥は後ろから悠の腕を掴み、彼の足を止めさせた。

「そのうちに乾くからいい。それより、話をしようよ」

「…………」

熱く、そして力強い手の感触に、悠の身体は自分でも驚くほど、びくっと震えた。

「え？」

遥が戸惑った顔になり、自身もびっくりして振り返った悠の顔を覗《のぞ》き込んでくる。

「どうしたの？」

「…………」

問われても、自分でも答えがわからず、悠は一瞬言葉に詰まった。

嫌悪感ではない——と思う。遥の顔を見るのは辛《つら》くはあったが、彼自身を嫌いだと思ったことは一度もなかった。

今も、嫌だ、と思ったわけではない。なのになぜ、身体が震えたのかと心の中で首を傾《かし》げた悠は、遥がおずおずと摑んだ手を離したのに、はっと我に返った。

「馴れ馴れしかったかな……ごめん」

「そういうわけじゃない」

その言葉にはすぐに否定の返事ができた。が、それは、悠が実際、四年の時を飛び越えてくる遥を『馴れ馴れしい』と感じていたためだった。

親友といってもいい関係だったから、恋人同士のように手を繫《つな》ぎはしなかったが、肩を組み合うことなどはよくあった。

悠はそうでもなかったが、遥はスキンシップを好み、悠の髪や指によく触れてきた。

最初は戸惑ったものだが、遥があまりに自然に触れるので、悠もすぐに慣れてしまった。彼の中で四年前から時が止まっているのであれば、腕を掴むくらいのことは普通にするだろう。

四年もの長い年月を、どうして彼はそうも軽々と飛び越えられるのか。悠自身、あまり人付き合いが得意な方ではないので、遥のような人懐っこさは『普通』なのかどうかはわからなかったが、できることなら歳月が関係を薄めてほしいと——更にいえば白紙に戻してくれればいいと願っていた。

だからこそ、時間と距離を置いたというのに、と悠はほっとしたように微笑んでいる遥を改めて見やった。

「本当にまた君に会えて嬉しいよ、悠」

遥の手が再び上がり、悠の手を握りしめてくる。躊躇《ちゅうちょ》する素振りは見せたが、結局遥は悠の手をぎゅっと握りしめ、目を覗き込むようにして問いかけてきた。

「どうして四年前、急に大学をやめたの？　この四年間、どこで何をしていたの？　連絡を取ろうにも、携帯は解約されていたし、ご両親も引っ越してしまっていて、君の行方《ゆくえ》を探すのは不可能だった。この四年間、君をずっと探し続けてきたんだ！　君は？　君は僕のことを思い出しはしなかった？　寂しいと思うことはなかった？　僕は寂しかった。本当に寂しかったんだ！」

「…………は、遥、落ち着いてくれ」

いつの間にか興奮していたらしい遥が、悠の手を離し、両肩を摑んで揺さぶってくる。痛いほどの力に悠は戸惑うと同時に、遥もまた四年という歳月をちゃんと認識していたのかという驚きも感じていた。

寂しかった——そんな言葉が出るとは、悠はまるで考えていなかった。だが、親友と思っていた相手が急に自分の前から姿を消し、連絡も途絶えたとしたら、自分もまた『寂しい』と思うに違いなかった。

今になってそれに気づくなんて、と悠は思わず溜め息を漏らしてしまっていた。四年前には自分のことでいっぱいいっぱいで、遥の気持ちなど考えたことがなかった。彼に非はまるでない。あるとすれば『天才』だったというだけだ。

今更——本当に今更ではあったが、悠は遥に対し罪悪感を覚えていた。才能があることは彼にはなんの責任も罪もないのだ。それで悠は、改めて遥に詫びようと頭を下げた。

「ごめん……。あの頃僕は人を思いやる心の余裕がなかった……」

「なぜ？　なぜ余裕がなかった？　一体何があったんだ？」

遥が思い詰めた顔で問いかけてくる。話をするには少し、アルコールが欲しい、と悠は遥に酒を勧めることにした。

「身体を温めるためにもお酒を飲もう。好きだったよね？　ビール？　ワイン？　どっちがいい？」

「………それじゃあ、ワインを」

遥は少し迷った素振りをしたあと、そう言い、にこ、と笑ってみせた。

「わかった。ちょっと座っててもらえるかな」

悠は遥にそう告げたあと『座る』ものがベッドしかないことに気づいた。八畳一間ではソファなど置く場所はない。

「……うん……」

遥はまた、何か言いたげな顔をしたものの、笑顔になるとベッドへと向かっていった。悠はそれを見やったあとにキッチンへと向かい、冷蔵庫から白ワインを取り出すと、ワイングラスに注ぎ、二つのグラスを手に遥の許《もと》へと戻った。

「……ああ、ワインより、日本酒のほうが好きだったっけ」

グラスを手渡したとき、四年前までの記憶が不意に蘇った悠はそう言い、遥を見やった。

「覚えていてくれたんだ」

遥が心底嬉しそうに微笑み、悠をじっと見つめてくる。

「覚えてるよ」

実際のところ忘れていた。否、忘れようと心がけていた。悠にとって遥は、厭《いと》うべき相手ではなかったが、存在自体を忘れたい相手ではあった。

ピアノの道を諦《あきら》めざるを得なかった。その原因となったのは遥の存在だった。もしも今、ピアノにかわる何かを見付けていたのなら、遥と顔を合わせても冷静にしていられただろう。だがまだピアノ以上の『何か』を見付けられないでいるために、冷静に向かい合うことができない。しかしそれは決して、遥のせいではないのだ。

やはりそのことを、きちんと説明するべきだろう。悠はそう思い口を開きかけたのだが、その直前に遥が喋《しゃべ》り出した。

「君がいなくなってから僕は、すべてに関してやる気を失ってしまった。大学をやめたのもそのせいだ。僕にとっては音楽の世界は、君がいなければまるで意味のないものだった」

切々と訴えかけてくる遥に対し、悠はかけるべき言葉を持たなかった。胸に芽生えた遥への罪悪感が急速に萎《しぼ》んでいくのがわかる。

天才なのに――遥は欲しくてたまらない天賦の才の持ち主なのに、自分が消えた、その程度のことでピアノの道を諦めてしまったのかと思うと、怒りしか覚えなかった。

「探しても探しても、君は見つからない。鬱々と日々を過ごすうちに偶然、演劇の世界に出会った。街中で劇団員にスカウトされたんだ。自分とはまったく違う人生を演じる。それが当時の自分にとっては『救い』のように思えた。芝居をしている間だけは君のことを忘れられた。忘れなければつらすぎた。でも、絶対に忘れたくはなかった……芝居を続けていたことで君と再会できたのは多分、神様が引き合わせてくれた結果だ。よかった。本当に芝居の道に進んで！」

「……そんな理由で……」

そんな理由で人生を決めたのか。それが偽らざる悠の本心だった。

あれほどまでに才能に溢《あふ》れていたというのに、たかが自分がいなくなっただけでピアノを捨てた。

しかも今、彼が身を置いている演劇の世界にだって、なりゆきのような形で飛び込んでいる。いや、きっかけはどうでもいい。が、たかが自分と再会できたことくらいで『本当に芝居の道に進んで』よかった、などとたとえ本心ではなかろうが、言うべきではない。

芝居の世界でも己を不遇と感じる人間は必ずいるはずだ。才能の有無か、はたまた村雨《むらさめ》の言うように時代の巡り合わせか、どちらにしろ本気で取り組んでいるにもかかわらず、実を結ばなかった人間は確実にいる。

なのに、声をかけられたから、という他動的な理由で始めた演劇の世界でも、遥は結果を残し、それが大手芸能プロダクションの目に止まり、そのプロダクションが社運を賭けたのではというような話題の映画に主演するという。

『幸運』ではなく、遥が自身の実力で摑み取ったものかもしれない。が、そうであっても、あまりに軽い、と新たな憤りが芽生え、悠は思わず遥を睨《にら》み付けてしまっていた。

「『そんな理由』じゃないよ。僕にとっては何より大切な理由だ」

遥が悠の視線を真《ま》っ直《す》ぐに受け止め、真摯《しんし》な口調で訴えかけてくる。

「言っただろう？　覚えてないかな。僕が自分と同じ世界にいると思えるのは、悠、君だけだって。君と出会ったときから僕は、君なしの世界には耐えられなくなったんだ」

切々と言葉を繋ぐ遥を前に、悠はなんと答えればよいか咄嗟《とっさ》には出てこず、彼から目を逸《そ》らせると手にしたまま口をつけていなかったワイングラスを口元へと運び、中身を一気に呷《あお》った。

「悠…………」

遥は呼びかけてきたが、そのあとなんと言葉をかけるかを迷ったようで、彼もまたワイングラスに口をつけ、半分以上グラスを満たしていたワインを一気に空けた。

「……ワイン、とってくる」

二人ともグラスが空になってしまった。それを理由に悠は席を外そうとした。

僅かな時間でもいい。一人になり、考えをまとめたかった。遥に何をどう言えば己の真意が伝わるのか。自分は遥とは『同じ世界』にいることができなかった。どれだけいたいと思ってもできなかったのだ。

理由は才能がなかったから――己にとってみじめすぎるその言葉を、それをとことん思い知らされた相手である遥本人に言うのは、やはり悠にとっても辛かった。

四年という歳月が流れているにもかかわらず、自分は少しも成長できていない。プライドなどとうの昔に捨てたのではなかったのか。捨てきれずにいるのならまだ、ピアノの世界であがいていたはずだ。だいたい今の自分のどこにプライドを抱《いだ》けるような部分がある？

　自分で自分が嫌になる、と悠は溜め息を漏らしつつベッドから立ち上がりキッチンへと向かおうとしたのだが、背後から伸びてきた遥の手に腕を摑まれたことに驚き思わず足を止めた。

　反射的に振り返った悠は、視界に飛び込んできた遥の酷く思い詰めた表情に更に驚き、絶句してしまった。

「悠、ワインはいいから話をしよう。四年間、どこで何をしていたのか教えてほしい。四年前、どうして急にいなくなったのか、その理由も……」

「だからそれは……」

　その理由は――君との才能の差を日々思い知らされていたから。いよいよそのことに耐えられなくなったからだ、というのが真実だった。

　だがそのまま口にすれば、遥を責めているかのように聞こえてしまうかもしれない。現に先ほど、自身の才能にまるで頓着しない彼を責めるような言葉を口にしてしまった。

　だが自分に遥を責める資格はない。遥にはなんの非もないのだ。単に己の才能に見切りをつけただけなのだから、と頭の中で悠が考えている間に、遥の次の言葉が響く。

「僕のせいなのか？　僕に対し、何か思うところがあったのか？」

「違う、君が悪いわけじゃない」

今の今まで頭の中で考えていただけに、遥の言葉に悠は即座に反応していた。

「僕はあった。君に思うところが」

「え？」

だが己の否定に対し、遥が告げた言葉はあまりにも予想外で、悠の口から戸惑いの声が衝《つ》いて出た。

「僕は……僕は……」

遥がますます思い詰めた顔になる。腕を摑む彼の手にも、痛みを覚えるくらいに力がこもってきた。

思うところがあった——一体遥は自分に対し、何を『思って』いたというのだろう。まったく想像がつかない、と悠は気づけばあまりに近いところにあった遥の顔を見返していた。

まさか遥が自分に対して、マイナス感情を抱いていようとはまったく想像していなかった。無意識のうちに遥が自分に対してプラスの感情しか抱いていないと信じていた、そのことに初めて気づいた悠は、それに対しても酷く動揺してしまっていた。

再会した際、ああも喜んでみせた、あの態度は偽りだったというのか。悠の知る遥はそんな、自分の心を偽った行動をとれるような男ではなかった。

天真爛漫を絵に描いたようだと思っていたが、この四年の間に性格が変わってしまったのか。いや、もしや四年前からずっとそうだったというのか。

それならなぜ、今夜、土砂降りの中、自分を待っていた？　四年前に姿を消した理由を問い詰めてきたのもなぜなんだ。

ままならない思考が悠から言葉を奪い、ただ遥を見返すことしかできずにいた。悠の視界の先、相変わらず思い詰めた顔をした遥が、何かを言おうとし口を開く。

唇が乾いてしまっていたのか、遥の舌がちらりと覗き、上唇を舐《な》めた。赤い舌先に、我知らぬうちに悠の視線が吸い寄せられる。

色白の彼の肌に対し、その赤は酷く扇情的に見えた。どきり、とわけのわからない鼓動の高鳴りを覚え、それにも動揺していた悠の目の前で、その間に舌が隠れた遥の唇が開く。

「好きなんだ」

魅惑的としかいいようのない唇から告げられた言葉の意味が、悠には最初正しく伝わってこなかった。

「え？」

スキナンダ――今、確かに遥はそう言った。

だが自分の知る『好き』という単語は、今、遥の口から告げられるようなものではないはずだ。

聞き間違えたのか。いや、はっきりと『好きなんだ』という言葉を聞いたと思ったのだが、と、疑問が大きすぎるあまり、気づけば悠はまじまじと遥の顔を見つめてしまっていた。

「……気持ち……悪い？」

黙り込んだ形となった悠に、おずおずと遥が問いかけてくる。

「……あ……」

悠の腕を摑んでいた遥の手が、だらり、と下がる。かるい痺《しび》れを感じたのは、今まで強く摑まれすぎていて圧迫されていた血管が開放され、一気に血が流れ込んだせいだろう——今、考えるべきはそんなことではないと悠にもわかっていたが、思考がまったく働かない状態ゆえ、そんなつまらないことしか頭に浮かばなかったのだった。

「……もしかして悠は、四年前に僕の気持ちに気づいた？」

何も答えない悠に、遥の問いは続く。

気づいていなかった。その答えを口にするより前に新たな問いが発せられる。

「気づいたから、僕の前から姿を消したの？」

「……違う……」

それは違う、と悠が首を横に振ったのは、ほぼ反射的な行動だった。この質問には確固たる答えがある。それでその答えを体現したのだが、対する遥の反応はやはり、悠の理解を超えるものだった。

「……よかった……っ」

感極まった声を上げた彼の身体が動いた、と思った次の瞬間には、悠は彼に抱き締められてしまっていた。

「……っ」

力強い腕の感触を背中に得た瞬間、またもや悠の頭の中は真っ白になってしまった。

「好きだった……違う。今も好きだ。悠、僕は君が……今でも君が好きなんだ」

遥が切々と訴えかけてくる声は勿論《もちろん》、悠の耳には届いていた。が、それに対してどうリアクションをとっていいのか、それを考え、行動することがまるでできていなかった。

「忘れようと思った。でもどうしても忘れられなかった。幾夜君の夢を見たかわからない。君が昔住んでいた家の近所に、暇さえあれば通っていた。時間が経《た》てば経つほど会いたい気持ちは勝るのに、君の行方を探る手がかりはどんどん少なくなっていく。もう二度と会えないかもしれないと諦めかけたこともあったのに、こうしてまた再び会うことができたのは本当に奇跡だ！　きっと神様が与えてくれたチャンスだ、と思った。そのチャンスを絶対に逃しちゃならない。二度と君を見失いたくない。その思いだけで、君の迷惑も……君の気持ちも考えず、押しかけてきてしまった」

堰《せき》を切ったように耳元で告げられる遥の言葉は、悠の耳にまるで美しい音楽の調べのような感じで響いていた。

内容よりも彼の声に悠は酔った。熱い遥の想いは、まるで想像もしていなかっただけに、今一つ実感を伴うことができずにいる。

好き、という思いは恋愛感情ということなのだろうか。それとも友情なのか？

友情なら、こうも切羽詰まった雰囲気で告げることはあるまい。それでは愛情なのだろうか、となると、遥がゲイであるとは到底思えない、という考えにとらわれる。

「好きなんだ」

またも遥がその言葉を——悠にとっては理解不能な言葉を告げ、一段と強い力で抱き締めてくる。

熱いほどに感じるこの体温。二度と離すまいといわんばかりに抱き締めてくれるその力強さ。

やはり彼の言う『好き』は、自分が『もしや』と思った、その気持ちということなんだろうか。

ようやく悠の思考の糸が結び始めた、その直後に、またも悠が思いもかけない展開が待ち受けていた。

「悠……っ」

これ以上はないほどに思い詰めた声を出した遥が、次の瞬間、息を呑《の》んだ、その気配が伝わってきた。

「……？」

一体何が彼を驚かせたのか、と眉を顰《ひそ》めた悠の耳に、今までの口調とは打って変わった、呆然としているとしかいいようのない遥の声が響く。

「悠……君、今、付き合っている人が……いるね？」

「え？」

今度こそ、本当に思いもかけない言葉を告げられ、悠は素で驚いた声を上げてしまったのだが、続く遥の言葉はそれこそ『思い当たる』もので、堪《たま》らず頷《うなず》いてしまったのだった。

「首筋のそれ…………キスマーク……だよね？」

「……あ…………うん…………」

首筋に残る赤い吸い痕《あと》――指摘されたと同時に悠の脳裏には、そのキスマークをつけた相手が――村雨の顔が浮かんでいた。

彼の唇が首筋を下るたび、痛痒《いたがゆ》い感触に襲われた。やはり痕は残っていたのか――認識はしていなかったが、事実はそうだったのだろう。あまり働いていなかった悠の思考は、指摘されたキスマークに納得してしまっていたのだが、遥にとってはそれは、とても流せる種類のものではなかったらしい。

「そう…………なんだ…………」

先ほど以上に呆然とした口調でそう言ったかと思うと、悠の背から腕を解き、一瞬、酷く厳しい眼差《まなざ》しを向けてきた。

6月刊
毎月15日発売
《文庫化》
崎谷はるひ
[世界のすべてを包む恋]
ill.蓮川 愛●600円(本体価格571円)
神奈木 智
[あんたの愛を、俺にちょうだい]
ill.金ひかる●580円(本体価格552円)
椎崎 夕
[ぎこちない誘惑]
ill.陵クミコ ●600円(本体価格571円)
愁堂れな
[デュオ～君と奏でる愛の歌～]
ill.穂波ゆきね ●560円(本体価格533円)
李丘那岐
[きみの知らない恋物語]
ill.鈴倉 温 ●600円(本体価格571円)
榊 花月
[片思いドロップワート]
ill.三池ろむこ ●580円(本体価格552円)
安曇ひかる
[ドクターの恋文]
ill.山本小鉄子 ●600円(本体価格571円)
水上ルイ
[煌めくジュエリーデザイナー]
ill.円陣闇丸 ●560円(本体価格533円)
黒崎あつし
[憂える姫の恋のとまどい]
ill.テクノサマタ ●600円(本体価格571円)
ルチル文庫創刊7周年記念全サ実施!!
幻冬舎 ルチル文庫
2012年7月18日発売予定 予価各560円 (本体予価各533円)
和泉 桂[当世恋愛事情] ill.佐々成美
一穂ミチ[ステノグラフィカ] ill.青石ももこ
森田しほ[深海の太陽] ill.山本小鉄子
砂原糖子[Fuckin' your closet!!] ill.金ひかる《文庫化》
きたざわ尋子[優しくせめないで] ill.広乃香子《文庫化》
ひちわゆか[暗くなるまで待って] ill.如月弘鷹《文庫化》

輪るピングドラム
星野リリィ
アートワークス
キャラクター原案星野リリィの描いた
「輪るピングドラム」の世界を
すべて収録!
カバー描き下ろし&
描き下ろしショート漫画収録!
6月29日
発売
《書籍》●A4判●1995円(本体価格1900円)
37歳で医者になった僕
研修医純情物語(上)
脚本・古家和尚 原作・川渕圭一
作画・金田正太郎
話題ドラマの
完全コミカライズ
第二弾!!
6月8日
発売
バーズコミックス スペシャル
●B6判●693円(本体価格660円)
ヘタリア Axis Powers
旅の会話ブック イギリス編
紳士《イギリス》とティータイムを!
これ1冊でイギリス旅行
気分を味わえる!?
ヘタリア×旅行本、
イギリス編が遂に登場!!!
6月29日
発売
《書籍》●B6判
●1050円(本体価格1000円)

「……あの…………」

何か言いたいことがあるのか、今一つ意図が伝わらず、問いかけようとした悠の声にかぶせ、遥の掠《かす》れた声が響く。

「…………僕は…………遅すぎたんだね……」

「……え……？」

ごめん、ちょっと意味がわからない——そう言おうとしたときにはもう、遥が部屋を駆け出していた。

「遥！」

唐突な彼の行動が少しも読めずにいた悠が叫んだ声が、バタンと閉まるドアの音にかき消される。

「……………」

一体、なんだったんだ、と思わず溜め息を漏らした悠の耳に、遥の切羽詰まった声が蘇る。

『好きなんだ』

「好き………」

ようやく今頃になり、悠の頭が働き始めていた。

好き、というのはやはり、恋愛感情としての『好き』という意味だったのだろう。

そして——。

『…………僕は…………遅すぎたんだね……』

「あ」

遅すぎた――首筋に残るキスマークを見て遥が、自分には恋人がいると誤解したのだ、ということに、今、初めて悠は気づいた。

「ちが……」

う、と、言いながら、ドアを目指して駆け出した彼の足は、だが、三歩ほどで止まってしまった。

遥を追いかけて、恋人などいない、と告げる。そのことになんの意味があるのかと考えての結果だった。

誤解だ、と告げるのはいい。だが、遥の『好きだ』という気持ちはどうする――？

彼の好意を受け入れることが自分にできるのだろうか。

彼の気持ちが『好意』という生半可なものではないということは、背に回った彼の腕の力強さや耳元で囁《ささや》かれた声音《こわね》の切羽詰まった感じからひしひしと伝わってきた。その思いを自分は受け止めることができるのか？

可能か不可能かということより、受け入れたいのか――自分も彼を好きかどうかが大切だろう、と悠は自身の足下を見つめ、深い溜め息を漏らした。

遥のことは嫌いではない。彼の才能に打ちのめされはしたが、だからといって彼自身を嫌いだと思ったことは一度もなかった。

才能を嫌った、というわけでもない。身を焼く程の羨望《せんぼう》にとらわれただけだった。今も遥のピアノは好きだ。あの音色には惹きつけられずにはいられない。

では彼を好きか——？　恋愛感情を抱けるのか？

そう自身に問いかけた悠の身体に、つい先ほどまで触れられていた村雨の腕の感触が蘇った。

くちづけを交わしたときの彼の唇の感触も続けて蘇り、気づかぬうちに自身の指先が唇へと向かっていく。

指先が唇に触れた瞬間、悠ははっと我に返り、慌てて手を下ろした。

思い起こしていたのは村雨の唇だったはずなのに、指先が触れた瞬間、悠の頭にぱっと浮かんだのは、遥の顔だった。

遥とキスをかわす、一瞬でもそれを想像してしまったとき、やりきれないとしかいいようのない思いが悠の胸の中で渦巻き、叫び出したくなる衝動が身体を駆け巡った。

嫌悪、というのとは違う、自身にも説明のできない感情に翻弄《ほんろう》されていた悠は、今、外は相変わらず土砂降りの雨が降っており、飛び出していった遥はせっかくシャワーで身体を温めたにもかかわらず、またも全身びしょ濡れになるだろうということにすら、まるで気づいていなかった。

6

翌日、悠は出版社に出向いたのだが、そこで叔父から今日予定の遥の撮影が中止になったと聞かされた。

叔父の耳には、主担当の三上《みかみ》から、悠が中座したという報告が入っていなかった。それは三上が陰口を嫌ったというより、自分に対して一欠片《ひとかけら》の興味もなかったためだろうと思われた。

「なんだ、知らなかったのか」

叔父は悠が三上から、撮影中止の連絡をうけたがために、出版社に来たと思ったらしく、その話題を振ったのだが、驚いた彼を見て逆に驚き、問い返してきた。

「主役の、ほら、お前の友達。彼が撮影をすっぽかしたそうだ」

「ええっ」

またも悠は心の底から驚き、大きな声を上げてしまった。

悠の知る遥はそんな、責任感のない行動をとるような男ではなかった。約束は必ず守る上、学生時代は誰より真面目《まじめ》で、一般教養の授業であっても悠をはじめ他の学生たちが互いに代返をしあってサボっているところ皆勤賞だったと記憶している。

彼のノートを皆があてにしていたが、どうしてそんなに真面目に出席するのかと悠が聞くと、せっかく勉強する機会を与えられているのだから、休むのは勿体《もったい》ない、と当たり前のように笑っていた。

正論ではあるが、正論すぎて言うのに照れる、そんな気持ちは遥にはなかったようで、悠の横で聞いていた同級生に『お前は本当に真面目だなあ』とあからさまに揶揄《やゆ》されても、にこにこと笑っていた。

そうも真面目な彼が、撮影をすっぽかすなどあり得ない。悠はそう思ったのだが、すぐ、会っていない四年のうちに人柄がかわったのかもしれない、と思い直した。

「…………」

いや――遥はまるで変わっていなかった、と、またもすぐさま自身の思考を悠は否定する。真っ直ぐで、真面目すぎるほど真面目。そんな彼の性格には、昨日話した限りではまるで変化が見られなかった。

なのにどうして、と再び一人の思考にはまりかけていた悠は、続く叔父の言葉にはっと我に返った。

「マネージャーも昨夜から連絡が取れないそうだ。本当にどこにいったのやら。映画は間もなくクランクアップらしいからさすがにラストまで撮るだろうけれど、写真集の企画は下手したら流れるな」

「…………え…………」

マネージャーも連絡が取れないとは、要は行方不明だということだ。悠の脳裏に、昨日、土砂降りの雨の中、飛び出していった遥の姿が蘇る。

あれきり、彼は姿を消したというのか。酷く動揺していたように見えたが、まさか、ショックのあまり行方をくらましたとでもいうのか。

そんな馬鹿な――昨夜の遥以上に、悠は動揺してしまっていた。口の中がからからになり、声を発することができない。

「おい、悠？　どうした？」

軽い貧血を起こしかけていた悠の顔色は真っ青だったのだろう。叔父がぎょっとしたように問いかけてくる。

「お前、何か知ってるのか？　おい、悠？」

「ご、ごめん……わからない……」

心当たりはあった。が、それが本当の『心当たり』なのかわからない。

そんな言い訳を心の中でした悠の顔を叔父は訝《いぶか》しげに覗き込んできたが、そこに急ぎの用件が入った。

「編集長、瀧本《たきもと》専務がお呼びだそうです」

「ああ、わかったすぐ行く」

呼びに来た部下の清水《しみず》に、叔父はそう答えると、後ろ髪を引かれているのがありありとわかる仕草で悠の前から姿を消した。

この隙《すき》に、というわけでもないのだが、悠は急いで自分の席に戻り、支給されていたパソコンを立ち上げた。

「あ、悠君、村雨先生から電話あったよ。折り返し電話ほしいって」

悠は編集部では『悠君』と名前で呼ばれていた。編集長と同じ名字であるため、それを呼び捨てにしたり『君』づけをするのを、編集部の皆はさすがに躊躇《ためら》ったようである。

「ありがとうございます」

村雨の伝言を告げたのは、悠の隣の席に座る去年入社した味方《みかた》という女性だった。『伝説の編集長』である悠の叔父に憧れて就職戦線を勝ち抜き、狭き門を潜《くぐ》った彼女は、憧れの編集長の甥である悠に対しても常に親切に対応してくれていた。

村雨の名を聞いた瞬間、悠の胸は、どきり、と変に高鳴った。ときめいた、というよりは、どちらかというと嫌な感じだったのだが、伝言を聞いたのに電話をかけないわけにはいかず、渋々と受話器を取り上げ、短縮に登録されている村雨の仕事場のボタンを選んだ。

ワンコール、ツーコール――呼び出し音を聞きながら悠は、どんなふうに村雨に対応したらいいのかと一人悩んでいた。

十回近く鳴らしても出ないため、もしや自宅か、と今度は携帯をポケットから取り出し、教えられた村雨の携帯へとかける。

『あ、悠君？』

今度、村雨はワンコールで応対に出た。

「あの……」

そうも早く出るとは思っていなかったため、挨拶の言葉も浮かんで来なかった悠が電話を握り締めたまま絶句する。黙り込んだ悠の耳に、電話の向こうから、苦笑とあきらかにわかる村雨の、溜め息交じりの笑い声が微《かす》かに響いた。

『そう身構えなくても大丈夫だよ。もう君の弱みにつけ込んだりはしないから』

「い、いえ、そういうわけでは……」

実際身構えていただけに、気まずさから言い訳めいたことを口にしてしまった悠の耳にまた、村雨の苦笑が響いた。

『ええとね、お願いしたいことがあるんだ。君、インドネシアの大学のパンフレット、持っている？』

「あ、はい、持ってます」

突然話題が仕事に関連することに変わったため、悠は慌てて思考を切り替えざるを得なくなった。

『よかった。それ、仕事場に持ってきてもらえるかな。僕も昼前には到着していると思うから』

「わかりました。それなら十二時にお伺いします」

ビジネスライク、という単語が悠の頭にぽんと浮かぶ。そのくらい、村雨の電話はあっけなかった。

『お願いするよ。そろそろ執筆にかからないと、編集長に怒られちゃうからね』

それじゃね、と笑って村雨は電話を切った。

「……………」

悠も電話を切りながら、村雨の変化は何を意味するものなのかな、と一人考えを巡らせた。

昨日のことはもう、なかったことにしよう。その意思表示ということだろうか。

なかったも何も、実際には何も『なかった』といっていい。ベッドイン直前までいったが、結局、最後まではいかなかった。

もしも村雨が中断しなければ、彼に抱かれることになったのだろうか——ぼんやりと携帯電話の画面を見ていた悠は、味方に、

「先生、なんだって？」

と声をかけられ、はっと我に返った。

「次回作の資料を仕事場に届けてほしいということでした。家にあるので、一旦帰宅したい

んですが……」

「了解。編集長には伝えておくね」

お疲れ様、と味方に微笑まれ、悠は「ありがとうございます」と頭を下げると、

「それじゃ、いってきます」

と席を立とうとして、そうだ、メールのチェックくらいはしておくか、とメールソフトを立ち上げた。

悠個人宛に来るメールは滅多にない。編集部員全員に来るものが殆《ほとん》どなのだが、中に一通、まるで見覚えのないアドレスとタイトルを見付け、眉を顰める。

『お伺いしたいのですが』

メールのタイトルはそれだった。もしやスパムでは、と、どうやら携帯電話のアドレスから打たれたらしいそのメールを悠は開くことを一瞬躊躇したが、スパムではなかったときのことを考え一応開いてみることにした。

「あ」

冒頭の一文を読んだ悠の口から微かな声が漏れる。

「どうしたの?」

横から味方が尋ねてきたのに思わず「なんでもありません」と首を横に振ってしまったのは、メールの送り主が遥絡みであったためだった。

『突然申し訳ありません。プロダクション・エフの氷見《ひょうみ》と申します』

メールを打ってきたのは、遥のマネージャーである、やり手と評判の氷見だった。その内容はというと、悠のアドレスは三上に聞いたということと、遥の行方に心当たりはないかというものだった。

『お恥ずかしい話ですが、昨夜から何度携帯電話に連絡を入れても応答がなく、正直、困り果てております。もしも遥から連絡がありましたら、至急会社に電話を入れるようお伝えいただきたく、よろしくお願い申し上げます』

また、行方に心当たりがあったら教えてほしい、と綴《つづ》られたメールを、悠は暫《しば》し呆然と見つめていたが、このまま無視はできまい、と気づき、返信を打ち始めた。

申し訳ないが心当たりはない、多分連絡が入るようなことはないだろうが、もし連絡があったらすぐにお知らせする。

そうメールした直後、メールソフトを閉じようとした悠は、新着メールありの表示に、誰からだ、と画面を見た。

「…………」

メールは氷見からで、あまりの返信の速さに驚きつつ悠はそれを開いたのだが、そこには『よろしくお願いいたします』という悠の返信に対する礼に加え、よければ携帯電話の番号を教えてほしいという記載があった。

前のメールに氷見の携帯番号とメールアドレスは書いてあったが、再度記載してくれている。

断る理由もなかったので悠は自分の携帯の番号とアドレスを返信しようとし、もしも遥と連絡を取れた場合は、自分にも一報欲しいと書こうかどうか迷って、結局書かずに送信した。

その後、すぐにメールを閉じ、パソコンの電源も落として席を立ったが、編集部を出る際、悠の頭に、メールに書かれていた氷見の携帯電話の番号とアドレスを、自身の携帯に登録すればよかったか、という考えがちらと過《よ》ぎった。

が、すぐ、こちらから用があることはあり得ない、と考え直し、そのままフロアを出る。

エレベーターが来るのを待ちながら悠は、いつの間にか自分が携帯電話を取りだし、まるで着信を待つかのようにじっと暗い画面を見つめていることに気づいて愕然《がくぜん》とした。

電話がかかってくるあてなどは一つもない。自分が誰からの連絡を待っているのか、できるだけ考えないようにし、やってきた箱に乗り込む。

同乗者がいなかったため、一気にエレベーターが一階まで下りる。表示灯で階数を確認する間、悠はともすればとっちらかりそうになる思考をシャットアウトし、村雨に求められた大学のパンフレットが家の中のどこにあるかを考えようとしていた。

出版社から自宅へと戻り、パンフレットを手に六本木へと向かう。約束の十二時にはまだ一時間以上、間があったが、ダメもとと思い悠は村雨の仕事場へと向かった。

半ば諦めていたというのに、インターホンを押すと、予想に反し、スピーカーから村雨の、

『あれ、早かったね』

という声が響いてきた。

「す、すみません、先生こそお早いお着きで……」

十二時に行くといいつつ、一時間以上早い時刻に訪問した非礼を詫びようとした悠に対し、村雨は寛大だった。

『助かったよ。さあ、どうぞ』

入ってくれ、と、オートロックを解除し中に入れてくれる。エレベーターホールに向かう間、なんとなく緊張してしまっていた悠は、村雨の口調が普段どおりだったじゃないか、と不要な緊張を解こうとした。

村雨が仕事場にしている部屋に到着し、ドアチャイムを鳴らすと、村雨はすぐにドアを開いてくれた。

中へと導かれ、応接室のソファに腰を下ろす。

「そうそう、こういうパンフが見たかったんだ」

村雨は満足そうに頷くと、改めて悠に礼を言った。

「ありがとう、助かった」

「お役に立てたのならよかったです」

用は済んだ、ということだろう、と悠もまた笑顔を返し、ソファから立ち上がった。

「悪かったね。急に頼んだりして」

今までの村雨であれば、ランチを一緒にどうだ、等の誘いがありそうなものだったが、今日は実にあっさりと悠を解放し、玄関まで送ってくれた。

「叔父さんによろしくね」

にっこり、と微笑み、送り出してくれる村雨に悠も、

「ご執筆、頑張ってください」

と微笑み、頭を下げる。

仕事場をあとにし、エレベーターを待つ間、悠は自分でも意識しないうちに携帯電話を取りだし眺めていた。

待つべき電話などない。なのに一体、何をしているんだか、と溜め息を漏らし、携帯をポケットにしまおうとしたそのとき、その携帯が着信に震えたのに、悠ははっとなり、誰からの電話とは確かめず応対に出てしまった。

『あ、悠君?』

電話から聞こえてきたのは、今別れたばかりの村雨の声だった。途端に、落胆としかいいようのない思いにとらわれた自分に戸惑いながらも悠は、

「あの、なんでしょう」

と電話に向かい用件を問うた。

『誤解しないでほしいんだけれど、僕は君が僕を必要として手を伸ばしてきたら、いつでもその手を取りたいと思っているんだよ』

「……え……？」

意味がわからない、と電話を握り直した悠の耳に、やわらかな、という表現がぴったりの優しい村雨の声が響く。

『いつでも――そしてなんでもいい。自分では受け止められないようなことがあったら言ってくれ。すぐに君のもとに駆けつけるよ。たとえ原稿執筆中であってもね』

それだけ言うと村雨は、悠の反応を待つように口を閉ざした。

なんと答えればいいのか、と悠は迷った挙げ句、やはりここは礼を言うべきだろうと判断し、口を開いた。

「お気遣い、ありがとうございます」

『社交辞令じゃないからね』

あたかも悠がそうとっているようなことを村雨は言い、電話を切ってしまった。

「あの、先生……っ」

気分を害したのだろうか、と慌てて電話に向かい呼びかけても、聞こえるのはツーツーという発信音のみである。

不興を買ってしまっただろうか。フォローをしたほうがいいか、と悠は着信履歴を呼び出したが、さんざん迷った結果かけるのをやめた。

執筆の邪魔をしてはならない、というのは表向きの理由で、フォローするにも何を言えばいいのか、一つも思いつかなかったためだった。

悠には村雨の心が今一つ読めない。思いやり溢れたあの言葉は果たして本心なんだろうか。それともからかっているだけか。

遊び半分、という選択肢もあるが、悠の目に村雨は、そこまでちゃらんぽらんな男には見えなかった。

それならからかうというのもナシだろうとは思うが、村雨が自分に対して本気とも思えない。

本気にしろ、からかいにしろ、言葉で自身の思いを易々と伝えることのできる村雨はやはり凄《すご》いな、と悠は溜め息を漏らしながら、携帯をポケットにしまった。

言葉というのは本当に難しい。常日頃、悠はそう考えていた。

バックパッカーとして世界を回っていた頃、使う言語がだいたい英語だったため、あらためて日本語は難しいと自覚した次第だった。

英語は、当初あまり得意ではなかったせいか、シンプルな言い回ししかできず、その単純さに悠は初めて、コミュニケーションはそう苦を伴うものではないのだなと思えるようになったのだった。

帰国してからは、当たり前の話だが日本語しか使わなくなったので、再び人とのコミュニケーションは悠にとって、ハードルの高いものになった。

皆が皆、そうというわけではないだろうが、告げた言葉がそのままその人の意思であるという場合ばかりではない。

言葉の裏にある意図を読み取る。それが日本社会におけるコミュニケーションである場合が多い。それでまた悠は人とのかかわりを苦手とするようになったのだが、特に村雨のような、人当たりはいいようで腹に一物ありそうなタイプとの交流は苦手中の苦手だった。

人柄が悪いようには見えないので、調子のいいことを言っているだけで悪意はないものと推察できる。それでも心情以外の――『以上の』というべきか――言葉を告げられると、どうリアクションしていいものかがわからなくなってしまう。

世の中の人間が皆、思ったことと発する言葉が同一だといいのに、と悠は常々思っていた。学生時代にはあまり、そうしたタイプの人間はいなかったように思う。

いや、いなかったのではなく、苦手なタイプの学生とは付き合わないようにしていただけで、そういった人間は世の中には数多くいたのだろう。

大学に入ってから悠が親しく付き合っていたのは、ほぼ遥だけといってもよかった。遥は心を言葉で飾ることなどなかったから、安心して付き合えた。彼は口にする言葉以上の心情は抱いていなかったから――ぼんやりとそんなことを考えていた悠は、ふと、遥もまたすべてを口に出していたわけではないかと気づいた。

昨日、遥は『ずっと好きだった』と悠に告げた。

『ずっと』というのが学生時代を指すのなら、遥は心中のすべてを言葉で表現していなかったということになる。

「………」

なんだかショックだ――一抹の寂しさが悠の胸に生まれた。が、すぐに悠は、自分自身も、遥に対して思うところの全てを伝えていなかったということにも気づいた。

自分の場合は秘めた恋情などではなく、彼の才能に対する嫉妬だった。自分ができていなかったものを遥に求めるのは間違っている。

そう自分を納得させようとしたが、やはりわだかまりは残った。

わだかまりを覚えるようなことは何もないはずだが、と、自分の心を覗いてみたが、答えは見当たらなかった。

悠は暫くの間、エレベーターホールでぼんやりしていたが、いつまでもこうしているわけにはいかないと我に返り、下りのボタンを押した。

用件は済んだので編集部に戻ると、多忙そうにしていた叔父が声をかけてきた。

「悠、お前の友達、入院したらしいぞ」

「え？」

思いもかけない言葉に驚き、悠が大きな声を上げる。

「自宅で倒れていたそうだよ。マネージャーも真っ先に自宅を訪問していたんだが、ドアチャイムを鳴らしても出ないから留守だと思っていたそうだ」

「入院って？　倒れてたって？　どういうこと？」

叔父は報告だけして立ち去るつもりだったらしいが、悠は必死で追いすがり、詳細を聞こうとした。

「熱が四十度以上あって、肺炎を起こしかけていたんだってさ。意識もないような状態で連絡したくてもできなかったってわけだ。発見が一日遅れたらヤバかったという話だった。そんなことにならなくてよかったよな」

「…………本当に…………」

四十度以上の高熱。意識不明——想像すらしていなかった言葉の連続に、未《いま》だ悠は呆然としていたが、叔父がまた立ち去りかけたのに我に返った。

「それで……それで遥は？」

入院したことはわかったが、現在の彼はどういう状況にあるのか。まだ『ヤバい』状態なのか、それとも回復しているのか、それを知りたい、と叔父の腕を掴む。

「さあ、どうだろう。ただ、撮影は一週間後に仕切り直しと言ってきたから、そこまで重態っていうことはないんじゃないか？」

詳しい病状などは聞いていないので、これ以上話せることはない。叔父は悠にそう言い切ると、

「それじゃな」

と彼の肩を叩《たた》き、慌ただしくフロアを出ていってしまった。

「…………」

僕のせいだ——自席へと戻る悠の頭には、その言葉が渦巻いていた。

土砂降りの雨の中、傘も差さずに遥は悠を待っていた。シャワーで身体を温めさせはしたが、そのあとまた、外は相変わらず豪雨だったというのに、遥が部屋を飛び出した、それをとめることができなかった。

引き留められなくても、せめて追いかけ、傘くらいは渡すべきだった。

「……ああ……」

僕のせいだ、と同じ言葉が巡る頭を悠は抱え、机に突っ伏してしまった。

「ちょ、ちょっと、悠君、どうしたの？」

横から味方がぎょっとしたように声をかけてくる。

「すみません……」

あまりに驚いた彼女の様子から、自分が尋常ではない態度をとっていたことに気づかされ

た悠は、言葉少なく詫びたものの、それでも笑顔を作る気力まではなく、再び机に突っ伏した。

「大丈夫？　具合悪いの？」

味方が尚も心配し、問いかけてくる。

「大丈夫です」

顔を上げていないと駄目か、と悠は姿勢を正すと、味方になんとか作った笑顔を向けた。

「顔色悪いよ。早退したら？」

無理しないで、と親切な言葉をかけてくれる味方に悠は「ありがとうございます」と礼を言い、本当に早退しようか、と一瞬考えた。

が、実際、熱があるわけでも、どこか痛みがあるでもなく、ただ気分的なものであるのに、早退などするわけにはいかない、と思い直し、

「大丈夫です」

と心配そうな顔で様子を窺《うかが》っていた味方に頭を下げ、仕事をしよう、とパソコンの画面を見やった。

メールをチェックしていた悠の目が、朝、受信した氷見の——遥のマネージャーのメールの上で止まる。

そうだ、彼に詳しい病状を聞いてみよう。そう思いついた悠は、メールを打ち始めた。

今、編集長経由で鷹宮《たかみや》君が入院したことを知った。見舞いに行きたいのでよければ入院先を教えてもらいたい。丁寧な言葉遣いを心がけつつそう打ったメールへの返信は、一時間経ってもこなかった。

朝はすぐに返事がきたのに、と、他の仕事をしながら悠はちらちらとメール画面を見やってしまっていた。

二時間待ったが返信がなかったので、多分多忙なのだろうと思いながらも悠は再度、鷹宮君の病状だけでも教えてもらえないかと氷見にメールを打った。

本当は電話をしようかと思ったのだが、かける勇気がでなかった。

そのメールには、ものの五分で返信があった。

『外出していたため、返信が遅くなり申し訳ありませんでした』

聞くときだけは連絡が早いが、用がすんだらおしまい、といった感じの悪さはない。が、文面は丁寧ではありながら、いたってそっけないものだった。

入院先は申し訳ないが公表していないので教えられない。ただ入院はほんの数日の予定で、今はもう、本人、熱も下がり、意識も戻っている。風邪が悪化したようなものなので心配しないでほしい。

最後に『ご協力に感謝します。メールをいただきましたことは鷹宮に伝えます』と締めくくられていた文面を悠は二、三度読み返したあと、おもむろに携帯電話を取りだした。

「…………」

マネージャーに教えてもらえないのなら、本人に聞こう。意識が戻ったのなら電話かメールもできるかもしれない。

病院内では携帯電話の電源は切っているかもしれないけれど、と思いながらもメールを打とうとした悠は、電源以前に、自分が遥のアドレスを知らないことに今更気づき愕然とした。

知らない——そう、知らないのだ。

マネージャーの氷見は立場上、病院を教えられなかったのではないかと思う。友人なら直接聞くだろうと考えたのかもしれない。

まさか電話番号もメールアドレスも、そう、住所すら知らないとは考えていないだろう。

その彼に、遥の連絡先を聞いたとしても、やはり立場上『答えられない』と言うに違いない。

どうしよう、と悠はぼんやりと携帯電話を見つめていた。が、やがて深い溜め息を漏らすと、今までしていた仕事へと戻った。

遥が無事だとわかっただけでいいじゃないか。自分が知りたかったのはそれなんだから。

自身に言い聞かせる己の声が空しく頭の中で響く。

電話をかけ、或いはメールをした場合、自分が遥にどんな言葉をかけてあげられるか、それを考えたとき、悠は連絡先を調べようという気力を失ったのだった。

好きだ、と告白され、その後、他に恋人がいると誤解された。

あれは誤解だ。今は恋人などいない。

そう説明すればおそらく遥は喜ぶだろうが、自分の『好きだ』という気持ちを悠が受け入れるか否かを次には聞きたがるだろう。

その答えは、未だ己の中にはない。

なんとも答えようがないので、連絡を取らずにすませようとする。卑怯だなと自己嫌悪に陥りながらも悠はまた、なぜ『拒絶』という答えがするりと出てこないのかと、そんな自分に対し驚きを感じていた。

7

結局悠は、三上に遥の連絡先を聞いた。

二日、三日と経つうち、やはり謝罪したいという気持ちが募ってきたからだった。

三上はどのような手を使ったのか、すぐに遥の携帯番号やメールアドレスを調べ、教えてくれた。

「氷見ちゃんには内緒だよー。彼、所属タレントのプライベート情報の流出にはうるさくてさ」

どうも三上のツテは映画のスタッフだったようで、遥は一緒に仕事をした人間から携帯番号やメールアドレスを聞かれると、気安く誰にでも教えるらしいのだが、それに氷見はいい顔をしていないという話だった。

「事務所の携帯じゃなくてマイケータイなんだってさ。甥っ子君が付き合ってた大学時代から変わってないんじゃないの？」

そう言われて悠は改めて教えられた電話番号とアドレスを見た。

番号はさすがに記憶がなかったが、そういえばアドレスはこんな感じだった、とぼんやり思い出す。

ai-no_yume3
このアドレスは、遥が悠と出会ってから変更したものだった。

遥が毎日、迷惑メールに悩まされているという話題を出してきたのでアドレスを聞くと、自分の名前をそのまま使ったものだった。

もっと数字やアンダーバーなどの記号を入れたほうがいい、自分の名前から離れたらどうか。

そうだ、好きな曲とか？　と悠が提案したのを遥は聞き入れ、それでこのアドレスになったのだった。

「3って？」

ふつうは誕生日とか生まれ年とかを入れそうなものだが、と悠が聞くと、遥は少し照れた様子で『3』の意味を教えてくれた。

「愛の夢を見る……の『み』」

「ロマンティックだね」

からかうわけではなく、なるほど、と思っての言葉だったのだが、遥はますます顔を赤らめ照れていた。

そのときの記憶が蘇っていた悠はふと、そういえば当時の自分のアドレスはなんだったかなと思い出そうとした。

確か、好きな作曲家の一人だったフランツ・リストを少しもじったものにしていた気がする。それで遥は『愛の夢』を連想したのかもしれないなと、今更のことに悠は気づいた。

もしかして、そこにも遥の自身に対する好意がこめられていたのだろうか——さすがにそれは考えすぎだ、と悠は苦笑したが、心のどこかでは『考えすぎ』ではないとも感じていた。

三上は携帯の番号やアドレスだけでなく、簡単な自宅の住所も教えてくれていた。マンションの名前と部屋番号だけだったが、住所は吉祥寺ということだったので、検索してみると一軒だけひっかかった。

撮影の仕事はカメラマンのスケジュールの関係で一週間後に延期となったが、映画の撮影は再開されたという情報も、三上はもたらしてくれていた。

ということはもう、遥は元気になったのだと悠は安心したものの、本当に回復したのか、もしや無理をしているのではないかと、また新たに生まれた心配事にとらわれた。

なぜ、こうも気になるのか。それは勿論、責任を感じているからだ。

入院するほどに高熱を出した、その責任の一端は自分にある。だから気にしているのだ、と悠は自身の心から生じた問いにそう答えを返していたが、責任を感じる必要はあるのか、という新たな問いには返答に詰まった。

厳密にいえば、雨の中、待っていたのも遥の判断なら、再び傘も差さずに飛び出していったのも彼自身が選んだことだ。

ショックを与えた、といっても、実際、遥の得たショックは彼の誤解によるもので、そう考えると悠が責任を感じる必要は一切ない。

好きだ、という告白を受け入れられなかったことに責任を感じているのか、とも思ったが、仮にそうだとしても、それこそ責任など覚える必要がない内容である。

好きだと言われたら必ずしも好きだと答えなければならない法はない。そこに責任を感じる必要こそ、一ミリもない、と断言すらできたが、それでも気になるものは仕方がない。

遥が元気でいる姿を確認さえすれば、必要のない責任感も忘れられるに違いない。悠はそう結論づけ、その日、仕事が上がったあとに吉祥寺を訪れてみることにした。

元気かどうかは、電話をかけたり、メールをすればある程度のことはわかったに違いない。だが、悠にとっては、電話をかけるより、自宅の傍《そば》で彼の姿を窺い見るほうがハードルが低かったのだった。

中央線で吉祥寺に向かう間、なぜ遥は吉祥寺に住んでいるのかと、悠は改めて考えてみた。

遥の事務所は青山にあり、あまり便利という感じはしない。以前所属していた劇団が近所なのかな、と考えた次の瞬間、悠の頭に不意に大学時代の記憶が蘇ってきた。

彼女ができたばかりの頃、デートに誘うのに場所はどこがいいか迷い、遥に相談したことがあった。

『吉祥寺は？　彼女の家から近いだろう？』

今はちょうど桜の季節だから、井の頭公園でお花見というのはどうだろう、と遥は提案してくれ、なんなら下見に行こう、と二人して井の頭公園へと向かったのだった。

桜は五分咲き程度だったが充分綺麗《きれい》で、テンションが上がった悠は遥に、デートよろしく、一緒にボートに乗ろう、と誘った。

「井の頭公園ではボートに乗っちゃ駄目なんだよ」

大真面目な顔で遥がそう言うので理由を聞くと、池のほとりに祀《まつ》られている弁天様が嫉妬して恋人同士を別れさせようとするから、という答えが返ってきて、どうリアクションをとればいいのかと悠を戸惑わせた。

「ええと、それ、迷信だよね？」

「迷信だけど、よくないって言われているものを敢《あ》えてしなくてもいいんじゃないか？」

最初悠は、遥が冗談として言っているのかと思ったのだが、会話を続けるにつれ彼が真剣であることがわかってきた。

彼なりに自分のデートのことを気にしてくれているのだろう。そういうことにし、それなら、と悠は尚も遥をボートに誘った。

「今日はデートじゃないから乗ろうよ。僕たちは別に弁天様に嫉妬されないよね？」

付き合ってるわけではないのだし、と悠はそれこそ冗談のつもりで言ったのだが、対する遥のリアクションは今一つノリの悪いものだった。

「だから、よくないって言われているものを敢えてしなくてもいいよ」

遥は悠の前で滅多なことでは不機嫌になったりしない。が、そのときの彼の顔は『怒っている』としかいいようがないもので、悠は仕方なく、

「別にどうしても乗りたいってわけじゃないけどさ」

とボートに乗る提案を引っ込めた。

あれもまた、自分に対する好意の表れだったのだろうか——当時はまるで気づかなかったが、ああも遥が頑《かたく》なにボートに乗ることを嫌がったのは、『別れさせられる』ことなどないよう、と気にしたのかもしれない。

しかしもしもその考えが当たっていたとしたら、自分は遥に対してあまりに無神経な行動を取っていたな、と今更——本当に今更ではあるが、悠は反省していた。

知らなかったのだから仕方がないのかもしれないが、自分が好きだと思っている相手から、デートの相談を持ちかけられたり、その下見に付き合わされたりと、あのとき遥はどんな気持ちだったのだろうと想像すると胸の痛む思いがした。

そんなことをぼんやりと考えながら吉祥寺の駅に降り立ち、インターネットで調べたマンションへと向かう。

マンションは井の頭公園の近くだった。街灯が道を照らしてはいるが、そう明るくはない

ので、電柱に貼ってある番地名を読み取るのに苦労しながら歩くこと五分、これかな、と思う五階建ての古びたマンションをようやく発見することができた。

「…………」

鳴り物入りの映画の主演を務める、いわゆる芸能人が住むにしては、古くてしょぼい。

それがマンションの第一印象だった。

有名人の住居であれば、オートロックはさすがに必要不可欠ではないかと思うが、外付けの階段を見るかぎり、それらしき設備はない。

周囲に人気《ひとけ》もなかったので、悠は思い切ってマンションの入り口にあるガラスの扉に手をかけてみた。

鍵はかかっておらず、エントランスに簡単に入れる。そこには郵便受けが部屋順に並んでおり、まさか、と思いつつ遥の名前を探すと、『鷹宮』という名字が綺麗な手書きの文字で書かれていた。

「嘘だろ……」

このマンションでも、郵便受けに名前を書いている人はあまりいない。オートロックでもない、誰でも入れる場所にある郵便受けだ。用心して一人暮らしの女性などは書かないものだし、芸能人であれば普通、名前は書かないだろう。

部屋番号がわかってしまうだけでなく、郵便物だって盗まれる危険がある。大丈夫なんだろうか、と悠は、鍵のついている様子もない郵便受けを見やり、やれやれ、と溜め息を漏らした。

名字を記している、右肩上がりの綺麗な文字は、間違いなく遥の字だった。ノートをよく借りたから覚えている。部屋番号は教えられたものであっていた。悠は暫し郵便受けの前に立ち尽くしていたが、それは、自分がこれからどうしたいのかを迷っていたためだった。

時計を見ると午後七時を回ったところで、遥の在否は微妙である。

取りあえず、部屋の前までいってみよう。たとえ部屋にいたとしても、ドアチャイムを鳴らさなければ気づかれることはないだろう。

そう思い悠はエレベーターを探し、いかにも古びたそれを見付け、上に向かうボタンを押した。

ごとん、と音を立てて箱が上昇する。外観も内装も古びていたが、三階に降り立ってみると、印象は、随分と堅固な建物なのだな、というように変わった。

重厚、かつレトロで、この雰囲気は悠も嫌いではなかった。遥ももしかしたらそうしたところが気に入って住み続けているのかもしれない。そんなことを考えながら悠はアンティーク調のルームプレートを、遥の部屋番号に辿《たど》り着くまで目で追っていった。

遥の部屋は一番奥まったところにあった。角部屋ということは、方向さえ誤らなければ、部屋の明かりで在宅しているかどうかがわかる。

よし、と悠は遥の部屋の前、彼の表札を——遥は馬鹿正直に表札まで出していたのだった——確認すると、エレベーターへと引き返そうとした。

外に出て、部屋に明かりがついているかを確認しよう。もしついていなかったら、少し離れたところから、明かりがつくまで見守っていればいい。

そうしよう、と心を決め、下りのボタンを押した悠はエレベーターの表示灯を目で追っていた。

一階に止まっていた箱がゆっくりと上ってくる。よし、三階、と下向きになった矢印を確認し、開いた扉から乗り込もうとしたそのとき、箱から出てきた男にぶつかりそうになった。

「す、すみません」

距離が近すぎて相手が男であることしかわからなかったものの、慌てて詫びながら箱に乗り込もうとした悠だったが、不意に背後から、今、ぶつかりそうになったと思しき人物から腕を摑まれ、はっとして振り返った。

「……ゆう……」

悠の目が、呆然とした顔の遥の姿をとらえる。

「……あ……」

悠もまた呆然としている間に、背中でエレベーターの扉が閉まった。

「……どうしたの？」

思わず振り返り、それを目で追っていた悠の耳に、幾分硬い遥の声が響く。

「…………いや、その…………入院したって聞いたから…………」

自分の声も硬い。そう自覚しながら悠は答え、改めて遥の顔を見やった。

「…………」

退院したということだったが、頬はこけ、顔が一回り小さくなってしまったように見える。

「大丈夫なのか？」

思わずそう問いかけてしまった悠の前で、遥がいきなり満面の笑みを浮かべた。

「心配して来てくれたんだ！」

「え……」

輝く笑顔、というような表現があるが、今、まさに遥の顔は輝いていた。眩《まぶ》しさのあまり絶句してしまっていた悠は、いきなり腕を引かれ、それでようやく我に返ることができたのだった。

「嬉しいよ！　散らかしているけれど、さあ、どうぞ！　悠が来てくれるなんて、なんだか夢みたいだ！」

すっかり興奮した様子の遥が、ぐいぐいと悠の手を引く。

「あ、あの……」

違うのだ、と悠は言おうとしたが、実際、ここに来たのは遥が元気でいる姿を確認したか

ったからなので、『違う』ことは一つもない。

そうこうしているうちに悠は遥に引き摺《ず》られるようにしてもときた廊下を引き返し、彼の部屋へと招き入れられてしまっていた。

「ちょっと待ってて。片付けるから」

室内に入った途端、遥が恥ずかしそうな顔になり、ソファの背にかけられていた服を片付けるべく走っていく。

「あ」

そう恥ずかしがる必要がない程度に、遥の部屋は片付いていた。が、悠が思わず声を漏らしたのは、部屋の真ん中で存在感をこれでもかというほど主張しているグランドピアノのせいだった。

「ああ、これ?」

悠の視線に気づいたらしい遥が、ピアノを振り返り、またも照れたように笑ってみせる。

「このマンション、防音設備が整っているのが売りなんだ。住民には音大生やプロの音楽家が多い。僕はそのどちらでもないけど、やはりピアノは傍に置いておきたくて」

「……そうなんだ……」

ピアノから離れたくない。それは即ち、まだピアノの世界にいる。そういうことなのだろう、と悠は遥を見やった。

自分はもう、ピアノをやめて久しいが、遥はまだピアノと繋がっていた。羨《うらや》ましい、という感情が悠の胸に立ち上った。

「弾いてみる？」

にっこり、と遥が微笑み、グランドピアノの蓋を開ける。

「……もう……弾けないよ。四年も弾いてないから」

口からすらすらと拒絶の言葉がついて出る。

それには理由があった。芸大、しかもピアノ科に入学したということで、友人、親戚に悠は、ピアノの演奏を求められることはままあった。

だが、挫折を覚えてから悠は、そうした依頼をおしなべて断ってきた。もう指が動かないというと、たいていの相手は諦めてくれた。

だが、遥は『たいていの相手』ではなかった。

「一緒に弾いてみようよ。ああ、そうだ。学生時代、ふざけてよく一緒に弾いたよね。ハンガリー舞曲第五番。覚えてる？　覚えてなければ楽譜があるよ」

「もう、弾けないよ。さっきも言ったけど、ピアノには四年も触れてないんだ」

「きっと指が覚えている」

「覚えてなんかないよ」

拒絶したにもかかわらず、悠は早くもピアノの前に座らされてしまっていた。

「覚えているところだけでもいいよ」

さあ、弾こう、と、遥が立ったまま、上の旋律を弾き始める。

「…………」

その瞬間、悠の身に自分でも驚くべきことが起こった。なんと両手の指が、遥の弾く旋律に合わせ、動き始めたのである。

「…………」

あ、と驚きから声を漏らしそうになりながらも悠は、キーを間違えることなく、綺麗な和音を奏でていた。

指が覚えている——四年もの歳月を経た今でも、身体は覚えているものなのか、と半ば呆然としていた悠は横からの視線を感じ、顔をそちらへと向けた。

「ね、覚えてたでしょう？」

視線が合った途端、にっこり、と遥が微笑みかけてきた。綺麗なその笑顔に見惚《みと》れたと同時に頭の中が真っ白になり、指が止まった。

「ああ、ごめん。僕が話しかけたせいだ」

演奏が止んだことに対し、遥が謝り、

「もう一度、最初から弾いてみようか」

と指を鍵盤の上に戻す。

「もういいよ」
反射的に悠は椅子から立ち上がっていた。
やたらと頬が熱く、鼓動が高鳴っている。遥の笑顔に見惚れたことが恥ずかしかったため
もあったが、何より、四年ぶりに指を下ろした鍵盤の感触に、鳴り響くその音に、悠はすっ
かり興奮してしまっていたのだった。
これ以上弾き続けたら、ピアノから逃れられなくなる。自分の指が、身体が、ピアノを渇
望していたことに、今の今、悠は気づき、その事実に愕然としていた。
才能もないくせに、と自嘲しようとした悠の耳に、遥の遠慮深げな声が響く。
「……ごめん、君が来てくれたことが嬉しくて浮かれすぎた。ピアノはもう、触るのは
嫌？」
「…………」
嫌、なはずだ。頷こうとした悠の首は、だが動かなかった。
「ねえ、悠」
遥が悠の両肩に手を置き、俯《うつむ》く顔を覗き込んでくる。
「どうして四年前、急に大学をやめたの？」
座ろうか、と遥は悠をピアノの傍にある二人掛けの小さなソファへと連れていった。並ん
で腰を下ろすと、膝《ひざ》がつきそうになる。悠が身体を硬くすると、遥は苦笑しつつ立ち上がり、

「何か飲む？」

と尋ねてきた。

「いや、何も……」

「生憎《あいにく》、ビールしかないんだ。ビールでいいかな？」

冷蔵庫へと向かいながらそう問いかける遥の背に悠は、

「おかまいなく」

と告げたあと、もしや彼も飲む気か、と慌ててソファを立った。

「ねえ」

開けた冷蔵庫の扉を閉め、声をかけた悠を振り返った遥の手には、悠が予想したとおり、銀色のビール缶が二つ握られていた。

「病み上がりだろう？」

悠の口調が非難めいたものになる。

「心配してくれるの？」

遥が嬉しそうに笑いながら、一缶を、はい、と悠に差し出してきた。

「昔から悠は心配性だったよね」

受け取らずにいる悠にビールの缶を押しつけ、遥がまた笑う。

「薄着をしていると『風邪を引く』とよく怒られた」

懐かしいな、と遥が目を細める。その視線の先には、過去の二人の姿があるのだろうか、と悠は遥の顔を見つめていたが、彼がぷしゅ、とプルトップを上げたのにはまた、

「ねえ」

と声をかけてしまった。

「退院したばかりなんだろう？　無茶しないほうが……」

「映画の撮影にも復帰してるし、それに昨日もスタッフさんたちと飲み会だったんだ。相当飲んだけど、全然大丈夫だった」

安心して、と遥が悠を再びソファへと導き、座らせる。

「乾杯」

遥は立ったまま、悠に缶ビールを差し出してきた。応えずにいるのも悪い気がし、悠もまたプルトップを上げると、差し出された缶に自分の缶を軽くぶつけた。

二人して暫く無言でビールを傾ける。

しかし本当に大丈夫なのか、と悠はつい、前見たときよりも随分と痩《や》せてしまった遥の顔を見上げた。

今日も撮影だと言っていたから、疲れているのではないか。自分が座っているから彼が座らないのだとしたら、僕が立つ、と声をかけようと口を開いたそのとき、先に遥が声を発した。

「ねえ、悠」

「え？」

何、と問い返した悠は、続く遥の言葉に、あ、と小さく声を漏らしていた。

「四年前、僕になんの相談もなく、大学をやめたのはなぜだったの？」

「…………」

どう答えようか。逡巡《しゅんじゅん》から黙り込んだ悠を見つめながら、すっかり飲みきってしまったらしい缶を両手で持ち、遥がぽつりぽつりと話し始めた。

「大学をやめただけじゃなく、連絡も取れなくなった。携帯にかけても繋がらない。君の家に行くと、お母さんから、君が単身、バックパッカーとして海外を巡っていると聞き、心の底からびっくりした。君を探しに行きたかったけれど、ちょうどそのタイミングで実家の母が倒れて戻らざるを得なくなった。末期癌で、余命半年と診断されたんだ」

「……え……」

そんなことがあったのか、と愕然とした悠に遥は、うん、と頷き、話を再開した。

「半年間、母の傍にいた。母を看取ったあとにまた東京に戻り、君が今、どこにいるかを聞こうとしてご両親のもとを訪れたが、海外赴任が決まったとのことで連絡がつかなかった。闇雲に探すには世界は広すぎた。諦めるしかない自分が本当に情けなかったよ……」

ここで遥はふっと笑ってみせたのだが、自嘲というに相応《ふさわ》しいその笑みは、悠の心を抉《えぐ》るような痛々しいものだった。

「君のいない大学は通っても意味がない気がして、すぐにやめてしまった。抜け殻のようになって生きていたところ、前にも言ったとおり劇団にスカウトされて芝居の道に入った。おかげで君と再会できた。二度と会えないと覚悟していたから、本当に嬉しかった。今、この瞬間にも死んでもいいと思ったくらいだ」

「死ぬなんて」

縁起でもない、と思わず声を上げた悠に遥が苦笑する。

「そのくらい、嬉しかったって比喩だよ。本当に死ぬ気はない。君と再会できたのに死ぬわけないじゃないか。でも……」

遥が一瞬言いよどんだあと、敢えて、なのだろう、冗談めかした口調でこう言葉を続けた。

「君が僕の前から姿を消したときには——四年前にはもう、死んでもいいと思っていたよ。生きている意味がないと心の底から思っていたから。母が倒れなければ、実際に手首を切っていたかもしれない」

「そんなこと、嘘でも言っちゃ駄目だ」

人の生死を、とつい声を荒らげた悠より、更に高い声で遥が言い返してきた。

「嘘じゃない。本気だった！　あの頃の僕にとっては君が全てだった！」

「……っ」

いきなりの告白に、悠が息を呑む。

君が全て——陳腐、と笑い飛ばしてもいい言葉だった。が、遥の真剣な顔は、これが彼の本心だと物語っていた。

「……今もだ……」

加えてそう続けられてしまうと、笑って流すことなどできなくなった。

「どうして……」

思わずぽろりとその言葉が、悠の口から漏れる。

「え？」

「どうして、僕なんだ？」

そんな価値はないのに、と悠が遥を見、遥もまた悠を見返す。

「理由なんて……ないよ」

遥は悠の視線を真っ直ぐに受け止め、苦笑するように笑ってみせた。

「君は人を好きになるのに、理由があるの？」

「僕は本当に……小さな……どうしようもない人間だよ」

逆に問いかけてきた遥の問いに答えることなく、今度は悠がぽつぽつと語り始めた。遥の純粋な想いにこたえることなどできない。自分は本当につまらない人間だと説明しようと心を決めたのだった。

「大学をやめたのは、君への嫉妬だった」

「え？」

遥が心底驚いた様子で目を見開く。誤解されないように説明しなければ、と悠はますますゆっくり、考え考え話し続けた。

「正しくは君の才能に対しての嫉妬だ。初めて会ったときから僕は、君のことを天才だと思っていた。君のピアノは素晴らしい。君のような音は出したくても絶対に出せない。会った瞬間、君に憧れた。その君から『同じ世界にいる』と言われて有頂天になった。ずっと君と同じ世界にいたかった。でも、時が経つにつれ、無理だということもわかってきた。決定的だったのは二年の、コンクールに出る生徒を選ぶための演奏だった。自分の演奏と君の演奏、差は歴然だった。僕は君と同じ世界にいられない。そう思い知らされた瞬間だった」

「…………悠…………」

悠の言葉は遥を相当驚かせたようで、名を呼んだきり絶句してしまった。確かに絶句する内容だよな、と心の中で思いつつ、悠は話を続けた。

「君の傍にいるのがつらくなった。音楽を——ピアノを続けるのもつらかった。それで大学をやめ、君の前から姿を消した。僕はこんなにピアノが好きなのに、ピアノは僕を好きじゃない。それがつらかった。自分に才能があると自惚《うぬぼ》れていたわけじゃないけど、天才である君と自分を比べるとみじめになった……そんな、小さな人間なんだ。僕は。だから……」

君に好かれる資格はない、そう続けようとした悠の言葉を、どこか呆然とした遥の声が遮った。

「……一つ……聞いていいか？」

「え？」

今度は悠が戸惑いの声を上げる番だった。彼の戸惑いは続く遥の言葉に、ますます増していった。

「どうして……僕、なんだ？」

「え？」

先ほど、自分が告げたのと同じ言葉を口にする遥を悠は、一体どういうつもりだ、と首を傾げながら見やった。

「ピアノ科には、僕より才能に溢れた学生がいた。あのコンクールにだって僕は出場者に選ばれなかったよ。選ばれたのは西田《にしだ》だ。覚えているだろう？　コンクールでも入賞していた」

「……あ、ああ……」

西田というのは幼い頃から有名なコンクールに出場し、何度も入賞経験のある同級生だった。今もプロのピアニストとして活躍している。

彼の演奏は、その選考会のとき以外にも何度も聴いていたが、悠の心にはあまり響いてこなかった。

巧みだなとは思ったし、コンクール慣れしている、そんな弾き方だなという印象しか抱けなかったが、なぜそんな男の名を出すのかと悠が遥に目で問う。

「西田だけじゃない。佐藤《さとう》充《みつる》も……上級生にだって下級生にだって、僕より上手《うま》い生徒はいた。なのに、なぜ、僕だった？　僕にかなわない、僕と同じ世界にいられない、それがなぜ退学の理由になる？」

「それは………」

学内の――そして世間の評価は、確かに西田や佐藤、それに上級生下級生の有望な学生のほうが高かった。それは悠も認めざるを得ないが、その誰の音色にも魅力を感じなかったのは事実だった。

「僕が天才だと思ったのは君だけなんだ」

「才能だけ？　ピアノの才能だけで、君は僕の友達になったの？」

悠が答え終わるより前に、遥の問いが発せられる。

「え………」

才能だけが目的だったのかと問われ、そうだ、と頷くことが悠にはできなかった。

遥に気を遣ったわけではない。果たして、そうだったのか、それとも違うのか、自分でもわからなくなってしまったためだった。

才能——遥の才能に自分は嫉妬した。だが、西田や佐藤の、一般的にわかりやすい『才能』には興味を抱けなかった。

なぜ遥だけ、特別だったのか。それは自分にもわからない。答えを求め思考を巡らせていた悠に、遥が尚も話しかけてきた。

「僕が『同じ世界』と言ったのは、ピアノに限ったことじゃなかったんだ」

「……………え…………？」

ますます意味がわからず問い返した悠の目に、酷く照れた顔をした遥の顔が映る。

「共に人生を歩んでいきたい……そういう意味だった。君に惹かれたきっかけは容姿だったけれど、君のピアノを聞いてその音に惚《ほ》れ込んだ。話をして人柄が好きでたまらなくなった。それで言ったんだ。一緒の世界にいたいって」

「…………」

熱く訴えかけてくる遥の言葉を、悠はまるで夢の中のできごとのように聞いていた。

「君が一緒にいたかった『同じ世界』には、ピアノしかなかったの？　僕は——僕本人はそこにはいなかったの？」

「………それは………」

どうだっただろう。そう考える必要はもう、悠にはなかった。

遥と肩を並べたい。彼と同じ世界にいたい。その実力が自分にないと思い知った瞬間、自分にとってはアイデンティティーといってもいいピアノを捨てる決意を固めた。

ピアノよりも遥をとった自分の真意がどこにあるのか——今初めて悠はそれを自覚していたのだった。

「僕は…………」

悠が答えを導き出すのに、そう時間はかからなかった。

自身のアイデンティティーであるピアノを捨ててまで逃れたかったその思いは、すでに向けられた本人に——遥にも通じているようだった。

「悠」

遥が泣き笑いのような顔になり、すっと手を差し伸べてくる。

「もう一度、一緒に曲を弾かないか？　さっきの続きを」

「…………うん…………」

今までの悠なら、確実に拒絶していたことだろう。だが、己の拘《こだわ》りの根源を知った悠にとっては、遥との連弾は苦痛を伴うものではなくなっていた。

実力は相変わらずかなわないだろう。加えて自分には四年というブランクがある。差は歴然としているだろうが、それでも彼と一つの曲を奏でてみたい。そう悠は思うようになっていた。

頷き、遥の手を取ってピアノへと向かう。椅子に座り鍵盤に両手を下ろすと、遥が顔を覗き込んできた。

「いくよ」

「うん」

悠が頷いたと同時に遥が上のパートの旋律を弾き始める。少しも遅れることなく自分が下のパートを弾くことができることを、悠は心の底から嬉しく思っていた。

ブラームスのこの曲は、自分も、そして遥も好きな曲だった。幼い頃連弾で弾いたことがあると、何かのときに話してからは、機会があるごとに二人してこの曲を弾いていた。

悠はあまり覚えていなかったので、こっそり楽譜を購入し、下のパートを練習していた。あとから遥もまた同じことをしていたと知り、顔を見合わせて笑ってしまった。

『だって、せっかくならちゃんと弾きたいじゃないか』

遥の言い訳はそのまま、悠の心と同じだった。つっかえたり、いい加減には弾きたくない。せっかく二人して時間を、曲を、共有しているのだから。そう思い、練習もした。

その効果が今、表れているだろうか。悠は自身の指が考えるより前にすらすらと動いているのを不思議な気持ちを胸に見つめていた。

美しい音色がピアノから発せられている。やはり遥の音色は好きだ。彼の旋律に自分の伴奏が絡まって響く。なんともいえない快感が悠の身体を染めていた。

やはり自分はピアノが好きだ。この優しい音色が、深い響きが心地よい。

いや、違うな——うっとりと自分の、そして遥の奏でる曲の調べに身を任せていた悠は、傍らで微笑む遥に微笑み返しながら、自分が何を『好き』かを改めて自覚していた。

ピアノは勿論好きだ。だが自分が最も好きだったのは、こうして遥と二人、過ごす時間だった。

今も悠の胸は楽しさに弾んでいたが、当時もこうして二人、連弾をしたり、話したり、ふざけたり笑ったり、ときに音楽論を戦わせたり——そんな時間が、自分は好きだった。

『同じ世界にいる』、遥はそう言ってくれたが、自分は彼とは同じ世界には属することができない。ピアノの実力の差からそう気づいたそのとき、すべてを失ったと思い込んでしまった。

遥に気づかれるのが怖かった。

『君は僕の世界にいない』

いつそう言われるか、毎日びくびくとして過ごしていた。

才能が欲しかった。遥と同じくらいの才能が。いや、違う。『遥と同じ世界にいられる』くらいの才能が欲しくてたまらなかったのだ。

でも得られないと悟った瞬間、遥から別離を宣言される前に自分から姿を消す道を選んだ。失いたくなかったのは同じピアノの道に進む人間としてのプライドではなかった。遥との友情だった。彼が唯一、自分と同じ世界に属していると言ってくれた、その世界に通じるドアの鍵だった。

手放したくないと思うあまり、手放さざるを得ないとなったときには、自分から放り投げてしまったのだ。

「悠？　どうしたの」

唐突に曲が止まり、遥の驚いた声が響く。

「……え……？」

何が『どうした』のか、と悠は鍵盤から遥へと視線を向け——心配そうにしている彼の顔がぐにゃりと歪《ゆが》んだことに驚き、思わず頬に手をやった。

自分の頬が濡れている。それが瞳から幾筋も流れ落ちていた涙だと察した悠は、自分が泣いていることに戸惑いながら、まだ溢れ続けている涙を遥に見られまいと両手に顔を伏せた。

「悠……」

困り切った声で名を呼ぶ遥の手が悠の肩にかかった。温かなその感触が悠の胸をも熱くし、涙が止まらなくなる。

「どうしたの？　悲しいの？　つらいの？」

遥が顔を覗き込む気配が伝わってくる。それでも顔を上げずにいると、肩にあった遥の手が悠の手首を摑んだ。

「大丈夫？　なぜ君は泣いているの？」

遥がおろおろとしながら問いかけ、顔を見ようというのか強引に悠の手を外させようとする。

優しいタッチでキーを叩くのに、遥の指の力は強かった。抗《あらが》おうとするより前に、悠は涙に濡れた顔を彼の前に晒《さら》さざるを得なくなり、気まずさから俯き、視線を逸らした。

「悠……」

またも遥が名を呼び、悠の顔を見ようとする。気づいて横を向こうとした悠の耳に、遥の少し掠れた声が響いた。

「僕は君が好きだよ。出会ったときからずっと」

「………」

その言葉にまた、新たな涙が込み上げてきてしまい、悠はぎゅっと目を閉じる。自ら作り出した暗闇の中、遥の息づかいだけが耳の近くで響いていた。

言葉を発するのを躊躇っている。そんな様子がひしひしと伝わってくる。

彼が何を言いよどんでいるのか、悠はわかるようでわからなかった。否、既にわかっていたのかもしれない。ただ、それを認める勇気を未だ持ち得なかった、そういうことかもしれなかった。

暫しの沈黙のあと、ごくり、と遥が唾を飲み込む音がし、彼の声が再び響く。

「もしかして……君も……君も僕のことを、好きなの？」

「…………」

やはり遥は、正確に自分の心を読んでくれていた。安堵《あんど》としかいいようのない安らかな思いが悠の胸に広がってくる。

好き──好きなのだ。なぜ、そんな自分の思いを気づかずにいられたのだろう。

不思議だ、と目を開き、顔を上げて遥を見る。目が合った瞬間、瞳の中に答えを見出してくれたのか、遥もまた、ほっとした顔になった。

が、次の瞬間、遥が、あ、と何かを思い出した表情となり、おずおずと問いかけてくる。

「……でも、その……君、今は他に恋人が……」

「いないよ」

誤解されては困る。その思いが悠の口を開かせた。自分でも驚くほどの速さで否定した悠に、遥が目を見開く。

「あれは、違うんだ。なんというかその……事故みたいなもので……」

「事故？」

ますます不審そうな顔になった遥に悠は、あの日の出来事を説明した。

遥との再会に動揺していたところ、今、担当している作家、村雨に飲みに誘われた。慰められ、その流れでベッドインしそうになったが、直前で村雨が思い留まってくれた。

話しながら悠は、遥の表情が次第に硬くなっていくことに気づき、もしや嫌われたかもしれない、と胸の中で急速に膨らむ不安に押し潰《つぶ》されそうになった。

尻軽だと思われたのだろうか。あんな体験は今まで一度もしたことがなかったのだが、そう言っても信じてもらえるだろうか。

何より、あの日『何もなかった』ということ自体、信じてもらえないかもしれない。首筋にはくっきりと行為の証拠となるキスマークが残っていたわけだし、と、動揺を煽《あお》られながらも悠は、頼むから誤解はしないでほしいという祈りを込め、必死で言葉を足していった。

「軽率だったと思う。でも、信じてもらえないかもしれないけど、今まであんなふうに流されてベッドインすることなんて一度もなかった。海外でも何度か誘われたけど、一回も誘いに乗ったことはなかったよ。あのときは本当にどうかしてた。言い訳にしかならないけど、その、なんていうか、僕は決して誰とでも、その……」

寝るような男じゃないのだ、そう続けようとした悠の言葉を、遥の怒りを抑えた声が遮った。

「海外でも誘われたって、大丈夫だったの？　危険な目に遭いはしなかった？」

「え？」

思いもかけない問いに、悠はぽかんと口を開け、遥の顔を見てしまった。

そんな悠の前で遥は忌々《いまいま》しげに舌打ちし、ぼそりと言葉を発する。

「村雨って作家、許せないな。悠の弱みにつけ込んで」

「あ、でも先生は……」

自分でも弱みにつけ込むようなことはしたくないと言い、途中で行為をやめたのだ。信じてもらえてないのだろうか、と、慌てて説明をしようとした悠の声にかぶせ、

「勿論、何もなかったという悠の言葉は信じてるよ」

と遥がフォローをしてくる。

「ありがとう」

ならなぜ、そうも不機嫌なのかと悠が眉を顰めたのを見て、遥が少し照れたような顔になった。

「ごめん……僕は多分、物凄く嫉妬深いんだ」

「…………」

どうリアクションをとっていいのか、悠が困って黙り込む。そのせいか、ますます遥が照れた顔になり、頭をかいた。

「君の肌に触れた男がいると思っただけで、頭の中が真っ白になってしまった。まだ恋人になったわけでもないのに、独占欲が強すぎて気持ちが悪いよね。ごめん」

「……え……」

『恋人』——その単語が、悠の胸をどきり、と高鳴らせる。

「……恋人に……なってくれますか？」

反射的に顔を上げた悠をじっと見下ろしながら、遥が相変わらず照れた、だが酷く真面目な顔でそう問いかけてくる。

なんだか夢みたいだ——これが悠の偽らざる胸の内だった。

好きだと自覚したのだから、躊躇いなく頷いてもなんら問題はないはずである。それでも悠が躊躇ったのは、こんな都合のいい展開になるとは、まさか夢でも見ているのではないかと、そんな馬鹿げたことを考えてしまったためだった。

「…………僕で……いいの？」

声を発してみれば、夢か現実か、わかるかもしれない。いや、今までも普通に会話をしてきたから、やはり無理か。

思考がふわふわとあちこちに飛び、少しも定まらない。それで悠はそう遥に問い返したのだが、その途端、遥はにっこりとそれは嬉しそうに笑い、力強い声でこう答えてくれた
「勿論！」

言葉と同時に彼の手が伸びてきて、悠はしっかりとその腕に抱き締められていた。温かな胸に顔を埋《うず》めているうちになんだかまた涙が込み上げてきてしまう。

「好きだ」

耳元に囁かれる遥の声は、酷く切羽詰まっているように悠には感じられた。背に回された

腕が微かに震えているように感じる。

「…………」

次の瞬間、悠はしっかりと抱き締められているために自分の腹のあたりにぴたりと密着していた遥のそれが熱と硬さを増してきたことを察した。

あ、と声を漏らしそうになり、慌てて唇を噛《か》む。びく、と身体が震えたせいか、遥は悠が気づいたことにそれこそ気づいたらしく、きつく抱き締めていた腕を解き、申し訳なさそうに詫びてきた。

「……ごめん、なんか、がっついてるみたいで……」

「ううん」

情けない、その表現がぴったりの遥の顔を見て、悠は首を横に振りながらも思わず吹き出してしまった。

「なぜ笑うの？」

遥が少しむっとしたように悠を見下ろしてくる。

「……ごめん」

その顔もなんだか可笑《おか》しい、と、またも笑いが込み上げてきたが、ここで笑えば遥が更にむっとするだろうとわかるだけに、自分から彼の胸に飛び込み、背に両腕を回してぎゅっと抱き締めた。

「悠……」

敢えて身体を――下半身を密着させる悠の耳元で、遥が戸惑った声を上げる。

「やじゃないよ。全然」

自分がこうも積極的な行動を取っていることに、悠は戸惑いを覚えていた。悠の腕の中で遥の身体がびくっと震え、彼の雄がますます熱と硬さを増したのがわかった。

耳元で遥が、ごくり、と唾を飲み込む音が響く。生々しいなという思いが悠の胸を過ぎったと同時に、頬にカッと血が上り、自身の身体もやたらと火照《ほて》ってきた。

自分の雄の熱さもまた、遥に伝わっているのだろう。そう思うとなんとも恥ずかしくなり、悠は腰を引きかけたのだったが、いつの間にか背に回っていた遥の腕にぐっと力がこもり、それを制した。

「……あのさ……ベッドに、行こうか」

耳元で、やたらと掠れた遥の声がする。どき、と鼓動が高鳴り、頬に、身体に熱がこもってくるのを感じながら悠は、

「うん」

ときっぱりと頷き、遥の背に回した腕にしっかりと力を込めた。

ピアノの置いてある部屋は十畳以上ある広さだったが、ここがベッドルーム、と連れていかれた隣は、ベッドしか置いていない、四畳半程度の狭い部屋だった。

ベッドカバーが黒で、それを遥が剝《は》ぎ取ったあと現れたシーツは真っ白だった。ピアノの鍵盤みたいだ、と悠は思いながらも、これから一体どうしたらいいのかと、くるりと自分を振り返った遥を見やった。

「服……脱ごう」

遥もまた、戸惑いを覚えているようだった。あまり手慣れた感じがしない彼を見ながら悠は、そういえば遥の浮いた噂は、学生時代には聞いたことがなかったと思い出した。

人気は高かったが、特定の彼女はいなかった。今、彼に恋人はいないのだろうか。いたとしたら、自分とこうしたことはしないだろうけれど、確認しておいたほうがいいのかな。

そんなことを考えてしまっていた悠の着替えの手が止まる。

もしもここで『恋人がいる』なんて答えられたら、相当ショックだろう。

「どうしたの？」

突っ立ったままの自分を訝り問いかけてきた遥に、悠はなんと問おうかと一瞬迷ったが、わかりやすいのが一番、とストレートな言葉を選んだ。

「遥には、今、付き合っている人はいないの？」

「え？」

遥が心底驚いたように目を見開く。

「だってその……モテそうだし……」

「モテないよ。それに恋人がいたら、悠に『好き』なんて言わないよ」

非難めいた声を出す遥に悠は思わず、

「そうだよね。ごめん」

と頭を下げた。

「でもなんか、信じられなくて……」

「信じられない？　何が？」

ぽつりと本音が漏れたのを、遥が拾って問いかけてくる。

「だって、昔から遥はモテてたし、今もそんなにかっこいいのに、付き合ってる人がいないなんて……」

「だからモテないし、かっこよくはないよ」

苦笑する遥に悠は、

「かっこいいよ！」

と言い返したあと、あまりに力強く叫んだことが恥ずかしくなった。

「あ、ありがとう」

遥が照れた顔になり、ぽりぽりとこめかみのあたりをかく。その照れた顔を見る悠は、遥以上に照れていた。

「ぬ、脱ごうか」

脱衣の途中だった、と遥がぎこちなく悠の前からベッドに近づき、脱ぎかけていたシャツを完全に脱ぐ。悠もまたボタンを外してシャツを脱ぎ、スラックスも脱ぎ捨てた。

躊躇いはあまりなかった。恥ずかしさは勿論あったが、それよりは遥に対する好ましい気持ちのほうが勝っていた。

下着を脱ぐときだけ少し躊躇ったが、視線を感じ、目を向けた先で、遥が既に全裸になり、眩しそうに自分の着替えを見つめているその顔を見た瞬間、躊躇いは消え、悠もまたボクサーパンツを脱ぎ捨て遥へと向かっていった。

「………好きだよ……」

遥は今、泣きそうな顔になっていた。黒く綺麗な彼の瞳が酷く潤んでいる。

「……うん……」

頷いたあと、悠は『僕も』と言葉を続けようとしたが、それより前に遥にベッドへと押し倒されてしまった。

「好きだ……」

熱に浮かされたようにそう言いながら、遥が悠の唇に自身の唇を落としてくる。

「……ん……」

チュ、チュ、と触れる唇の動きは、どこかぎこちなかった。比べては悪いと思いながらも悠はつい、手慣れた村雨のキスを思い出してしまっていた。

村雨のキスも心地よかった。が、興奮するのは断然こっちだ、と手を伸ばし遥の背を抱き寄せる。

遥がびく、と身体を震わせたあと、キスを中断し首筋に唇を這《は》わせてきた。

「いた……」

痛みすら覚えるほどに、きつく肌を吸い上げてくる。憤りすら感じさせる力強さに、悠は思わず苦痛の声を漏らしてしまったが、それは遥が『手慣れていない』というよりは、以前に発見した己の首筋に残るキスマークを面白くなく思っているためと思われた。

それを証拠に、悠の乳首をまさぐり始めた彼の指先は実に優しいものだった。遠慮深く指の先で転がしたあとに、きゅっと摘まみ上げる。

「ん……っ」

ぞわ、とした刺激が腰のあたりから這い上り、身を捩《よじ》りながら唇の間から堪らず声を漏らす。甘やか、としかいいようのない自分の声に頬が赤らむのを感じた悠は、遥がちらと自分を見上げた視線に気づき、ますます羞恥を煽られた。

「や……っ」

顔を背けたそのとき、またも、きゅっと乳首を、先ほどよりは少し強い力で抓《つね》られ、悠は込み上げる快楽に腰を捩った。

遥の唇が首筋から胸へと下りてきて、もう片方の乳首を舐《ねぶ》り始める。舌で時に歯を立てられる片方と、指先で抓られ、爪を立てられるもう片方、両胸の乳首に絶え間なく刺激を与えられるうちに、悠の感じる欲情は果てしなく膨らみ、わけがわからない状態へと彼を追い込んでいった。

「あっ……あぁっ……あっ……」

気づいたときには、まさに『あられもない』としかいいようのない声を発し、身体を捩ってしまっていた。

雄はすっかり勃《た》ちきり、先端から先走りの液を滴らせている。悠自身、意識していなかったが、腰を捩るその仕草はあまりに淫《みだ》らで、次なる行為を誘っているようにしか見えないものだった。

それゆえ、なのだろう。遥の唇が胸から更に下へと滑り、彼の両手が悠の両脚をがっちりとホールドする。

「だめ……っ」

勃ちきったそれを口に含まれ、思わず悠は大きな声を上げながら、遥の髪を摑んでしまった。

大きすぎる快感が、射精を促したがゆえの反射的な動作だったが、遥はちらと目を上げはしたものの、その目を細め、にっこりと微笑むと、より丹念に悠の雄を舐り始めた。

「あっ……だめ……っ……だ……っ……もう……っ……あっ……」

達してしまう、とまたも遥の髪を悠はぎゅっと摑む。痛みを覚えたのか、遥はまた、ちらと目を上げたが、舌の動きを中断することはなかった。

竿《さお》を伝い零《こぼ》れ落ちる先走りの液を掬《すく》い取った遥の指先が、すっと後ろに回る。

「……っ」

つぷ、と指が、悠の後ろに——今まで誰にも触れられたことのない場所に挿入される。違和感から悠の身体は一瞬強張《こわば》った。が、視線を落とした先、遥が『大丈夫』と言いたげに目だけで微笑み、頷いてみせたのに、強張りかけた悠の身体から力が抜けていった。

遥の行為は、とても『慣れている』とはいえないものだった。ぎこちないその動作に不安を覚えてもいいものを、彼の綺麗な黒い瞳を見た瞬間、そして彼の微笑みを見た瞬間、悠はすべてを委《ゆだ》ねてもいいという気持ちになったのだった。

遥に同性とのセックスの経験があるか否かはわからない。異性ともあるか、聞いたこともなかった。

経験がなくても、やり方を知っているものか。ここは不安になってもいい場面であるとは思うのだが、その不安はいつまで経っても悠の胸に芽生えてはこなかった。

悠も同性との性交の経験はない。だが、なんとなく、何をどうするかという知識は得ていた。遥もたとえ経験がないにしても同じだろう。

上手く表現できないが、身体を繋げたいという気持ちが勝れば、なんとかなる。そんな気持ちに今、悠は支配されていた。

挿入された遥の指は、探るように中を弄《いじ》っていたが、やがて入り口近くのコリッとした部位に辿り着いた。

「あっ……」

そのとき、悠の身体に思わぬ変化が訪れた。そこを押された途端、びく、と身体が震え、咥《くわ》えられたままになっていた雄の先端から、ぴゅっと液体が放たれたのがわかった。

「なに……？」

わからない、と戸惑いの声を上げた悠に向かい、遥はまた目を細めて微笑むと、前を舌で、後ろを指で刺激し続けた。

「あ……っ……や……っ……あっ……」

先端のくびれた部分を執拗《しつよう》に舐られ、後ろをいつしか二本に増えていた指が乱暴なくらいの強さでかき回す。

今、悠は得たこともない快感にとらわれつつあった。

自分が女性になった、そんな錯覚が彼を襲う。女性にはペニスはないから、正確には『女性』とはいいきれないのだろうが、遥を受け入れたくてたまらない、その衝動をどうにも抑えられなくなってしまっていた。

「もう……っ……大丈夫……っ……だから……っ」

早く来てほしい、その願いを込め、またも遥の髪をぎゅっと摑む。

「…………いいの……？」

遥が悠の雄を口から離し、じっと目を見つめながら問いかけてくる。

「うん……っ」

大きく頷いた、それは悠の本心だった。躊躇いは既にない。少しでも早く遥と繫がりたい。

彼の思いは正しく遥に伝わったようで、

「わかった」

と遥は頷くと、後ろから指を引き抜き、半身を起こして悠の両脚を抱え上げた。

遥の指を失った後ろではひくひくと内壁が蠢《うごめ》く。それで腰が捩れそうになる、そんな自分を悠は恥ずかしく思いながらも、ますます遥を欲し、気づけば腰を自ら突き出してしまっていた。

「……悠……」

嬉しそうに遥が微笑み、ひくつく悠の後ろに猛《たけ》る彼の雄の先端を押し当てる。

「……あっ……」

ずぶ、と先端が挿入されたとき、あまりの違和感に悠の身体は一瞬、酷く強張った。

「大丈夫？」

きつく雄を締め上げられたため、そうと察したのだろう。遥が心配そうに問いかけてきたが、悠はきっぱりと首を縦に振り、両手両脚を遥の背に回し、ぐっと己へと抱き寄せた。

「…………悠…………」

遥が嬉しそうに微笑み、頷いてみせる。

「ゆっくり……ゆっくり、いくから」

上擦った声でそう告げた遥が、悠の両脚を抱え直し、宣言どおりゆっくりと腰を進めてくる。

「……ん……」

苦痛はなかった。が、違和感はあった。

後ろを太い楔《くさび》で無理矢理こじ開けられるような感覚はあったが、その『太い楔』が遥の雄だと思うと、苦しみよりも充実感が悠の胸に満ちていた。

ゆっくりとした遥の動きが、やがて、ぴた、と止まる。

すべてを中に収めきったからだ、と察した悠は、はあ、と大きく息を吐き、どこか堪らない表情をしていた遥をじっと見上げた。

「……一つに……なったね……」

悠の視線を受け止め、遥がそう告げる。その途端彼の目から、一筋の涙が零れ落ちた。

「………綺麗……」

きらきらと煌めきながら滴ったそれは本当に美しく、悠の口から思わずその言葉が漏れる。

「君のほうが綺麗だ」

遥が苦笑しつつそう告げ、未だ心配そうな顔で問いかけてくる。

「……動いても大丈夫？」

「うん」

即答し、遥の背に回した両手両脚にぐっと力を込める。

「わかった」

遥もまた大きく頷くと、再び悠の両脚を抱え直し、やにわに激しい突き上げを始めた。

「あっ……あぁ……っ……あっ……」

またも得たことのない快感に、悠の頭の中はあっという間に真っ白になっていった。

逞《たくま》しい遥の雄が抜き差しされるたびに、内壁との間に摩擦熱が生まれ、その熱が全身へと広がっていく。

鼓動は早鐘のように打ち、息苦しいほどに呼吸は上がっていた。全身が灼熱の炎に焼かれたのかというくらいに熱く、吐く息も、思考が少しもままならない脳も、焼け付くほどの熱を有している。

このままでは全身が火傷《やけど》し、おかしくなってしまう。そう思いながらも自分が更なる快楽を求め、遥の動きに反するように自ら腰を突き上げていることを自覚してもいた。

「…………っ」

遥にとってもそれは嬉しい行為だったようで、心の底から嬉しそうに微笑むと、律動のスピードを上げた。

「あぁ……っ……あっ……あっあっあーっ」

悠の頭の中で極彩色の花火が次々と上がり、満ち溢れる光で閉じた瞼《まぶた》の裏が次第に真っ白になっていく。

悠の知るセックスの絶頂感は、もっと浅いものだった。こうも濃厚で、しかも長い快感を今まで経験したことがなかった。

このままではおかしくなってしまう、そんな、恐怖めいた思考にとらわれ、堪らず両手両脚で遥の背にしがみつく。その思いもまた遥は正確に察してくれたようで、

「わかった」

と息を乱しながらも囁くと、悠の片脚を離し、二人の腹の間で勃ちきり先走りの液でべたべたになっていた雄を握り、一気に扱《しご》き上げた。

「アーッ」

直接的な刺激には最早耐えられず、悠が高い声を上げて達する。

「……く……っ」

直後に遥も達したようで、ずしりとした精液の重さを中に感じた悠の胸に、この上なく幸せな思いが広がっていった。

「………悠………」

名を呼び覆い被《かぶ》さってくる遥の瞳がまたも酷く潤んでいる。

「……好き……」

きっと自分の瞳も同じように潤んでいるのだろう。胸に込み上げる熱いものを飲み下しながら、悠はそう言い、両手を伸ばして遥の髪に触れようとした。

「……僕も………愛してる……」

ぽろ、と遥の瞳から涙が零れ落ち、滴が悠の頬に落ちてくる。

「……うん……」

僕も、と頷く悠のこめかみにも熱い涙が伝わっていた。

遠回りをしてきたけれど、やっとお互いの気持ちを通わすことができた。その喜びに二人して打ち震えながら、悠と遥はしっかりと抱き合い、暫くの間共に涙を流し続けた。

遥の撮影は予定どおり行われ、カメラマン絶賛のもと終了の日を迎えた。

「素晴らしかった！　是非、また撮らせてくれ」

被写体に対しては気難しいことで知られるカメラマンが、遥本人と、そしてマネージャーの氷見に対し、しつこいほどにそう繰り返したばかりでなく、プライベートのアドレスを押しつけるようにして二人に渡したのを、悠と、今回の写真集の主担当である三上は啞然《あぜん》として見つめていた。

映画のほうは数日前にクランクアップを迎えたという話だったが、こちらでは監督が遥に惚れ込み、是非次回作をとやはり本人と事務所に熱いオファーを送っているという話だった。

「久々の大型新人あらわる……って感じかな」

業界の人間にこうも好かれて、メジャーにならなかった人間はいない。三上はそう断言し、ふと思いついたように悠の顔を覗き込んできた。

「そういや甥っ子君、彼の同級生なんだよね。どうする？　友達、大スターになっちゃうかもよ」

「なるといいですね」

悠の目から見ても遥はスターになる素質が充分であり、実際に『大スター』になる日も遠からず来ると確信していた。

そのせいで二人の間に距離が生まれるのではという懸念は勿論あったが、悠と遥、二人の仲はそれで不安になるような関係では既になくなっていた。

才能の有無という、長年とらわれていた呪縛から脱することができた悠は、遥に誘われ再びピアノを始めることにした。

「弾きたくなったらいつでも来るといい」

勿論、僕に会いたくなったら、でもいいけれど、と、遥は悠に吉祥寺のマンションの合い鍵を渡してくれ、今、悠は三日にあげずに遥の部屋を訪れている。

実は遥は悠に、一緒に暮らそうと同棲を申し出ているが、職場から遠くなるので、と悠は躊躇していた。

「出版社の仕事、続けるの？」

自分でも言っていたが遥は相当嫉妬深い性質のようで、未遂に終わったとはいえ悠の身体にキスマークを残した村雨のことを非常に気にしており、できることなら二度とかかわってほしくないと思っている様子だった。

遥ははっきり言葉にしても悠にそう言ったのだが、悠は当面、編集の仕事は続けたいと遥に告げた。

「これが僕の『したいこと』かはまだわからないんだけれど……」

遥がピアノを捨てたあとに演劇の世界に出会えたように、自分も何か新たな道を見つけたい。

叔父の紹介で始めた仕事ではあったが、村雨の新作のためにあれこれ奔走するうちに、悠は作品を生み出す手助けをすることに徐々にやりがいを覚えつつあった。

「そう……」

遥は納得しかねているようだったが、悠がこう言うと、ようやく納得してくれた。

「遥が今、こんなに輝いているのに、それに比べて今の僕は情けなさ過ぎる。遥の恋人として相応しい男になりたいんだ」

「……相応しいとか相応しくないとかは、悠が決めることじゃないよね。僕が決めることでもないけど……」

悠がやりたいというのなら、止める権利は自分にはない。嫉妬心はなんとか心の中に押さえ込む。

大真面目な顔でそう言う遥こそ、これから華やかな芸能界で、魅力的な異性同性に囲まれることになるだろうに、そのあたりはまったく考えていないところが彼らしい、と悠は思わず笑ってしまう。

「何を笑ってるの？」

こっちは切実なのに、と口を尖《とが》らせる遥の胸に身体を寄せ、悠は彼の背を抱き締める。

「なんでもない」

この先、遥が抱く以上の嫉妬心に苛《さいな》まれることになるかもしれないが、そういうときにはまた、二人でピアノを弾こう。

互いの奏でる旋律が絡み合い、融合して素晴らしいハーモニーが生まれる。その曲はきっと、胸に立ちこめるもやもやとした思いをすべて吹き飛ばしてくれるに違いない。

そんなことを思いながら悠は遥を見上げると、

「ねえ、ピアノ、弾こう」

そう告げ、少し戸惑いながらもにっこりと綺麗な目を細めて頷く彼に向かい、微笑みを
――この上ない幸せから生まれた微笑みを返したのだった。

あとがき

はじめまして&こんにちは。愁堂れなです。

このたびは三十五冊目のルチル文庫となりました『デュオ～君と奏でる愛の歌～』をお手に取ってくださり、本当にどうもありがとうございました。

自分的に今まで挑戦したことがなかったセンシティブ路線を目指してみたのですが、いかがでしたでしょうか(ってセンシティブを私、勘違いしているでしょうか・汗)。

とても楽しみながら書かせていただきましたので、皆様にも少しでも楽しんでいただけましたらこれほど嬉しいことはありません。

イラストの穂波ゆきね先生、繊細で美しい二人を本当にどうもありがとうございます!

いつかご一緒させていただきたいとずっと願っていましたので、今回その機会を得、本当に嬉しかったです。

素晴らしいイラストを本当にどうもありがとうございました。

担当のO様には、今回も本当にお世話になりました。どうもありがとうございます!

他、本書発行に携わってくださいましたすべての皆様に、この場をお借りいたしまして心より御礼申し上げます。

今回、ピアノがキーアイテムとして出てきますが、私も実は、五歳のときからピアノを習っており、幼稚園時にはもしかしたら才能あるんじゃない？　と言われていました。でも幼稚園までででしたけど（笑）。

姉の影響で私も習い始め、二人がやっているからと妹も習ったのですが、結局音大に行ったのは姉だけでした。

私は本当に練習が嫌いで、先生が○をつけてくださったのを消しゴムで消し、同じ曲をお稽古のときに弾くという、今となっては絶対バレてたよな～（汗）ということをしていました。中村先生、ごめんなさい（汗）。

ハンガリア舞曲第五番は、練習嫌いな私と同じく練習しない妹が発表会で弾いた曲でした。先生も二人に何を弾かせるか困りまくって連弾を思いついたんじゃないかと……（笑）。

舞台に上がった際、なぜか客席から笑いが起こって、なんでだろう？　と妹と二人して顔を見合わせていたのですが、二人の歩調がぴったりだったのが面白かったということがあとからわかりました。

さすが姉妹、息がぴったり、と言われたけど、ピアノのほうはそうでもなかったかもしれません。

……とまあ、こんな調子だったので、悠のようにつきつめて自分の才能について考えることはなく、高校受験のときにやめてしまったのですが、その後、大人になってからまた何か弾いてみたくなって楽譜を見たところ、まったく譜面が読めなくなっていて愕然としました。指が動かないのは当然にしても、譜面が読めなくなるって、そんなことあるんだ、とびっくりしました。

ピアノ、もう一度弾けるようになりたいです。また習いに行こうかな？

今回、この作品を書くきっかけとなったのは、超久し振りに見返したドラマ『ロングバケーション』でした。

瀬名（キムタク）が自分の才能について苦悩し、ピアノを諦めようとするのですが、そこで南（山口智子）が「奇跡って起こると思う」とその『奇跡』を実践しようとする。

とても感動的なシーンで、私も大好きなんですが、一方で『奇跡なんてそうそう起こらない』と思っている自分もいて、それがこの作品を書く直接のきっかけとなったのでした。

なかなか起こらないから『奇跡』ではあるけど、まったく起こらないわけじゃない。でも才能に限っては『奇跡』は起こらないんじゃないかな。

そんな後ろ向きな発想から生まれた作品ではありますが、自分にとってはとても好きなお話となったので、皆様にも気に入っていただけるといいなとお祈りしています。当て馬村雨と編集長、それに氷見が個人的なお気に入りです。全員屈折した大人って感じで、いいですよね（笑）。

よろしかったらお読みになられたご感想をお聞かせくださいね。心よりお待ちしています！

次のルチル文庫様でのお仕事は、初秋に文庫を発行していただける予定です。また、ルチル文庫様創刊七周年フェアにも参加させていただいていますので、よろしかったらどうぞお申し込みくださいね。

また皆様にお目にかかれますことを、切にお祈りしています。

平成二十四年五月吉日

愁堂れな

（公式サイト『シャインズ』http://www.r-shuhdoh.com/）

✦初出　デュオ～君と奏でる愛の歌～……………書き下ろし

愁堂れな先生、穂波ゆきね先生へのお便り、本作品に関するご意見、ご感想などは
〒151-0051 東京都渋谷区千駄ヶ谷4-9-7
幻冬舎コミックス　ルチル文庫「デュオ～君と奏でる愛の歌～」係まで。

幻冬舎ルチル文庫

デュオ～君と奏でる愛の歌～

2012年6月20日　第1刷発行

✦著者	愁堂れな　しゅうどう れな
✦発行人	伊藤嘉彦
✦発行元	株式会社 幻冬舎コミックス 〒151-0051 東京都渋谷区千駄ヶ谷4-9-7 電話 03(5411)6432[編集]
✦発売元	株式会社 幻冬舎 〒151-0051 東京都渋谷区千駄ヶ谷4-9-7 電話 03(5411)6222[営業] 振替 00120-8-767643
✦印刷・製本所	中央精版印刷株式会社

✦検印廃止

ISBN978-4-344-82547-5　C0193　Printed in Japan

幻冬舎コミックスホームページ　http://www.gentosha-comics.net